きものが着たい

群ようこ

角川文庫
23857

目次

第一章　着物の第一歩を応援したい

二〇一九年の一月に、エッセイと共に持っている着物、帯などが掲載されている、『還暦着物日記』という本を出版した。その後、着物に興味がある方々からの取材を受けたのだが、本に掲載されている着物や帯の写真を見て、

「帯ってこんなにいろいろな柄があるんですね」
「紬《つむぎ》にもいろいろな色があると、はじめて知りました」

といわれた。私はぐっと言葉に詰まり、

「いったいどういうふうに思っていたのですか」

と聞いたら、彼女たちのイメージでは、帯には決まりきった柄しかなく、紬といえば黒か紺だと思っていた。そして、

「こんなにいろいろな色や柄があるのだったら、着物を着てみたいと思いました」

というのだった。

これは私にとって相当の衝撃だった。少なくとも彼女たちは、着物に興味を持って

いる範疇《はんちゅう》に入る人たちである。これだけSNSが発達し、着物初心者のために、どうやったら気軽に着られるかという本も、専門家の方々がたくさん書かれている。若い人が楽しめる雑誌もある。なのに現実は、着物に興味のある人たちには、情報が届いていない。

本当に何が何でも着たいと思っていれば、自分で積極的に情報を得ようとするのだろうし、彼女たちの興味のランキングのなかでは、着物は下位のほうなのかもしれないが、そういった人たち、少しでも着物に興味を持って着たいと考えている人たちに、情報が届いていないのは、

「それはまずいだろう」

と思ったのである。今すぐにというわけではないけれど、

「何かのときには、いつか着物を着てみたい」

くらいに考えている人にも、最低限の情報は届いて欲しい。昔のように住んでいる町や商店街に呉服店があれば、その前を通ればウィンドーに飾ってある着物や帯に目が行き、買わないながらも記憶の隅に残るだろうが、その呉服店が近所から姿を消してしまったら、商品をふだんの生活で目で見る機会がない。たまたま呉服店の前を通ったとしても、店頭に陳列してあるものが目を引かなかったら、印象には残らない。彼女たちは着物関係の情報をすり抜けて、今まで来てしまったのだ。

彼女たちに話を聞くと、ほとんどの人は浴衣《ゆかた》と振袖《ふりそで》は着たことがあるという。しかしその中間の着物を着た経験は一切ない。どうして着ないのですかと聞くと、「自分で着られない」「どこに着ていけばいいのかわからない」「振袖を着付けてもらったときに、苦しくて嫌になったのだけれど、でもやっぱり着物は着てみたい」「着物警察が怖い」「お金がかかる」「着物を無理やり売りつけられそうで、着付け教室に行くのが怖い」

という。どれも納得できる理由ではあるが、正しい着物の情報が届いていない代わりに、どうでもいいといったら何だが、着物に付随するネガティブな情報ばかりが、耳に入っていることが悲しかった。

「たしかにお金はかかるかもしれないけれど、リサイクル着物はどうですか」

と聞くと、リサイクルは嫌なのだそうだ。誂《あつら》え希望だとまあそれなりにお金はかかってしまう。

「リサイクルでもしつけ糸がついたままの未着用品はたくさんあるので、そのなかで予算に合う着物と帯を買ってみたらどうですか」

「買ってもどこに着ていっていいのかわかりません」

「家で着たらどうですか。それだったら多少変になっても、誰も見ていないし、着付けに慣れるにはとにかく着たほうがいいので、休みの日に家で着るだけでも違うと思いますけど。家には着物警察もいないし」

そういったら笑っていたが、彼女たちの心の中には、着物を着るにはいくつも越えなくてはならないハードルがあるようだった。いいかえれば、そのハードルをものともせずに、

「誰が何といっても、私は着物を着る！」

といえるまでの決意がまだないのだろう。他人の目を気にしすぎている感じもあった。

私の本を見て、着物を着たいと思ってくださったのはありがたいけれど、それにしても、

「着たいと思っている人たちが、何の抵抗もなく素直に着られないこういう状況って、いいんですか」

と呉服業界の人たちに訴えたくなった。私が今までにいろいろな人に聞いたところ、今まで自分は着物はいらないといった人は一人のみ。「ピンクハウス」「インゲボルグ」のコレクターのような、私より少し年上の人で、

「結婚したときに、親から着物は一枚も持たされていないし、義理の母からも譲られていない」

といっていた。実家はテーラーを営んでいたそうで、母親が着物を着たのは一度も

見た記憶がなく、彼女の結婚式のときも、お母さんはシルクのスーツ姿だったそうである。紳士物とはいえ洋服の仕立てを生業《なりわい》とする店主の妻が、着物を着ているのはよくないと思ったのか、ご自身がまったく興味がなかったのかはわからないが、育った家に着物がないというのも、それはそれでいいのである。しかし多くの人は、

「着物っていいですよね」

といい、着られるのなら着たいともいう。でも実際には洋服のようにそう簡単に着物は買えないし、着る機会もないのだ。

着物や帯にいろいろな色や柄があるので驚いたといわれた話をすると、着物を着る知り合いのなかには、

「それはあまりに、着物というものを知らなすぎるのではないか」

という人もいた。たしかに着たいとはいいながら、能動的に情報を得ようとしているようには見受けられないが、そういった人たちを放置していいとも思えない。実際に着てみてこれはいやだと感じたのなら、それで着るのをやめてもかまわないのだが、何もしないで着物を着たいと思いつつ、結局はその機会もないまま、大げさにいえば一生を終えるのはちょっと悲しい。私自身も着物については知らない事柄がたくさんあって、ただ初心者の人よりも着ている年数が長く、知りたいと思った事柄を調べたり、プロの人に教えてもらったりした程度でしかない。

着物関係の話を文章に書くと、自分が当たり前と思っている事柄が、必ず校正でひっかかってくる。校正者がすべての物事を知っているとは考えていないけれど、

「これはちょっとひどいのでは」

と感じるときも多い。たとえば他の原稿でも書いたが、小説のなかで「博多帯《はかたおび》」「名古屋帯《なごやおび》」「博多の名古屋帯」という文言を書いた。すると校正者が混乱したのか、とても長い疑問が書いてあった。私が何かを混同しているのではという書きぶりで、つまり間違っているのではないかという指摘だった。「博多」も「名古屋」も地名なのに、「博多の名古屋帯」とはいったいどういう意味なのであるかという。私はまさかこんな部分にチェックを受けるとは想像もしていなかったので、

「現実はこうなのね」

と知ったのである。

着物を着ている人同士だと、

「ああ、それは博多ね」

といえば通じる。もちろん、

「それは名古屋？」

でも同じである。しかしそうではない人からしたら、地名がごっちゃになっている
これらの帯は、いったい何だとわけがわからなくなるのも当然かもしれない。しかし

私としてはこれは、民族衣装の基本的に知っておくべき部分だと考えていて、ある程度の年齢の人ならば、誰でも知っていると思っていたのだが、博識であるはずの校正者でさえ知らなかった。そこで「博多」は「博多織」のこと、「名古屋」は帯の仕立て方の形状のことなので、「博多織の名古屋帯」は言葉として成立するのだと長々と説明したが、校正者はいまひとつ納得できていないようだった。納得できなくてもそういう名称なのだから仕方がないのである。

「東京友禅」と書いたところ、校正者から、

「そんなものはありません。京友禅、加賀《かが》友禅《ゆうぜん》はありますが」

と指摘された。東京友禅というものは現にあるので、チェックを無視していたら、

「いったいどういうものか説明しろ」

と返ってきた。あーあと思いながら、京、加賀と同じように、東京で作られている友禅で、江戸《えど》友禅《ゆうぜん》ともいわれ、前二者に比べてあっさりとした図柄が多いものであると説明したが、こちらも理解されないようだった。その人は友禅は「京」と、「加賀」しかないと思い込んでいるようだった。私は、

「あとはご自身で、着物の本をお調べください」

と返事をした。もちろん編集者はわけがわからないので、

「こんな指摘があるのですけど」

というだけである。

また着物の寸法を尺で書いたところ、

「一寸は約三センチなので、寸法が間違っています」

と原稿を訂正されたりもした。ここでも、

「ああ、今は鯨尺《くじらじゃく》も知られていないのだ」

とため息をついた。そこでまた、

「着物の仕立てには鯨尺を使うのです。鯨尺の一寸は約三・八センチです」

と説明しなくてはならない。自分の考えが正しいと思っているところが怖い。校正者もまず着物の本を調べてチェックをして欲しかった。このように言葉のプロである校正者が知らないのだから、会社にお勤めの女性が知らないのも仕方がない。もちろん「博多」も「名古屋」も「鯨尺」も知らなくても着物は着られる。でもこちらはそれなりのお金を出して、着物や帯を買う立場なのだから、知らないよりは基本的な事柄くらいは知っておいたほうがいい。

また着物が好きなのはいいのだが、アナウンサーの女性が、半幅帯《はんはばおび》を「はんぷくおび」といったり、訪問着を表現するのに、「サザエさんのフネさんが着ているような着物」といったりするのを聞いてため息をついた。着物が好きだというだけで、極端にいえば嘘の情報を公共の電波を使って聴取者にいってしまうところが恐ろしい。私

が文句を並べると、

「着物って面倒くさそう」

といわれそうだが、知識もないのに、正しくないことをぺろっと話してしまうと混乱を生じるので、その点は自分の話した言葉が電波にのるような仕事をしている人は注意して欲しい。サザエさんでのフネさんの家庭着の着物（たぶんウール）を見て、

「あれが訪問着か」

と思った人がいたらどうするのだろうかと心配になる。

また、着物の本を作ったときに、編集者に紬は織りで訪問着や小紋はほとんどが染めと話したのだが、彼女が、

「でも小紋の反物も織ってありますよね。なのにどうして紬じゃないんですか」

といった。私は考えたこともなかったので、

「はっ？」

と一瞬、言葉に詰まってしまったのだが、着物の知識がない人は、こちらが当たり前にとらえている物事を、不思議に思うのだなあと勉強になった。そこで私は、

「たしかに小紋を染めている反物も、広い範囲でいえば織物かもしれないけれど、後染めと先染めというものがあって、先に真綿から紡いだ糸を染めて織る反物を紬といい、生糸を織って白い反物にして、それを後から染めて仕上げる小紋、訪問着などを

柔らかものと呼ぶことが多いのよ。でも後染めの紬もあるんだけどね」

と話すと、真顔で、

「わけがわかりませんね」

といった。私の説明もこれでよかったのかはわからない。

しかし着物の勉強をしはじめると、あまりに奥が深いので、とても一生では足りなくなる。私も染織に関して知りたいことはたくさんあるが、残りの人生を計算すると、とても無理とわかったので、これまでに覚えた事柄だけで終了させた。しかし着物が着たいと思ったのなら、着物や帯の名称くらいは覚えておいたほうがよいと思う。

それについては、『伝統を知り、今様に着る　着物の事典』（大久保信子監修　池田書店）がとてもわかりやすい。もう少し着物の柄などの種類を知りたいときには、『家庭画報特選　決定版　きものに強くなる』（世界文化社）がよいと思う。この二冊は着物全般の知識を得るには、手元にあると便利に使えるはずである。私もちょっとわからなくなると、これらの本を開いている。

といっても私のいちばんの一冊は、昔発行されていた、『ハイミセス10月臨時増刊50代からの本ｖｏｌ．３　名和好子のきもの遊び』（文化出版局）なのだが、すでに絶版。のちに『名和好子のきもの遊び』として復刊ドットコムから再版されたが、それが今、手に入るかどうかはわからない。小紋などの柔らかものよりも、私の好みの紬に寄っていて、お洒落着《しゃれぎ》寄りの本なので、訪問着、小紋好きの人にはあまり役に立たないかもしれないが。

たとえば半幅帯は文字通り並幅の半分の幅の帯で、幅は十五センチ〜十六センチ。長さは短いもので三メートル二十センチくらい。昔からある浴衣に締めるような博多織の半幅帯は、幅も狭めで長さも短い場合が多いので、リサイクルショップで購入するときは注意が必要だ。最近は背が高い人が多いので、帯幅が十七センチあるものもあり、長さも一丈（鯨尺の一尺の十倍の長さ。約三メートル八十センチ）くらいあるものが多くなった。素材も正絹、木綿、ポリエステルと正絹との交織、合織のみといろいろとある。しかし半幅帯でボリュームのある凝った結び方をしようとすると、一丈でもちょっと短く、四メートル二、三十センチくらいないと難しいかもしれない。購入するときは長さを確認する必要がある。

名古屋帯は体に巻く部分が半幅になった、名古屋仕立てになっている帯で、全長が三メートル五十センチくらい。お太鼓は一重になる。織り帯のなかにはお太鼓の両側の部分だけ、二重太鼓を締めているように見えるような仕立て方をするものもある。半幅帯に慣れたら、次に名古屋帯が締められるようになると、着物で出かけられる場所が格段に広がる。ただ最初は帯枕を背負うときに、ひどくゆがんだりするので、それにもめげずクリアできれば問題ない。

体に巻く部分が半幅に縫われておらず、開き仕立てになっている名古屋帯もある。また手先のところのみが半幅に閉じられている松葉仕立てもある。これらの仕立ての利点は、前帯の幅の部分が閉じられていないので、着るときに前幅を自分で調節できるところで、背の高い人、体格のいい人は、一般的な半幅だとバランス的に狭く感じるので、前幅が調節できるこれらの仕立てにしている人も多い。たたむのにいちばん楽なのは開き仕立て、その次が松葉仕立て。名古屋帯は慣れれば問題ないが、最初は畳紙《たとうがみ》のサイズに合わせるのがちょっと面倒くさいかも。『初めてのリサイクル着物選び方&お手入れお直し』（高橋和江　世界文化社）には、コンパクトな名古屋帯のたたみ方と収納方法が掲載されている。ＹｏｕＴｕｂｅにも動画があったような気がする。小さくたたんで引き出しに入る大きさにするので、ふだん着用の名古屋帯向きだけれど、覚えておくと便利。

袋帯は礼装などに締めるタイプの帯で、柄付けによって長さは様々だが、最低でも四メートル二十センチある。体に巻く部分も自分で二つ折りにして、お太鼓は二重になる二重太鼓である。金、銀が用いられたものは礼装用で、それ以外にもカジュアルな雰囲気で締められるような洒落袋帯もある。私はまだまだ袋帯を締めるときに四苦八苦して、技術があるわけでもなく、ほぼ偶然の仕上がりにまかせているが、着物を着慣れた人のなかには、袋帯のほうが形がきちんと決まるので、締めるのが簡単という人もいる。ただ帯の長さがあるため、慣れないと着付け中にもてあますのも事実である。

着物の種類と格

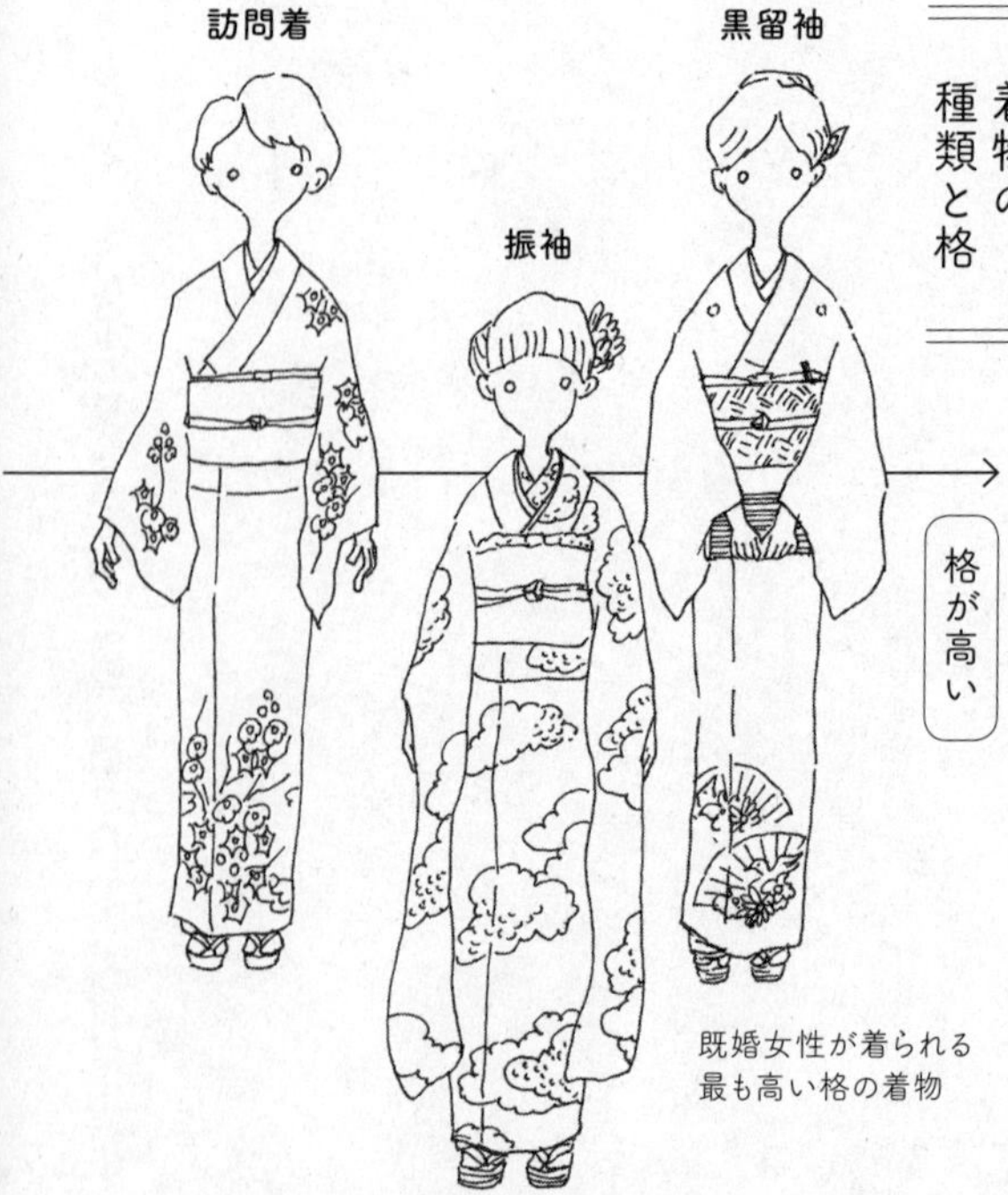

既婚女性が着られる
最も高い格の着物

未婚女性の
最も高い格の着物

振袖は袖の長さによって
125センチ：大振袖
87～106センチ：中振袖
76～86センチ：小振袖
と呼ばれる

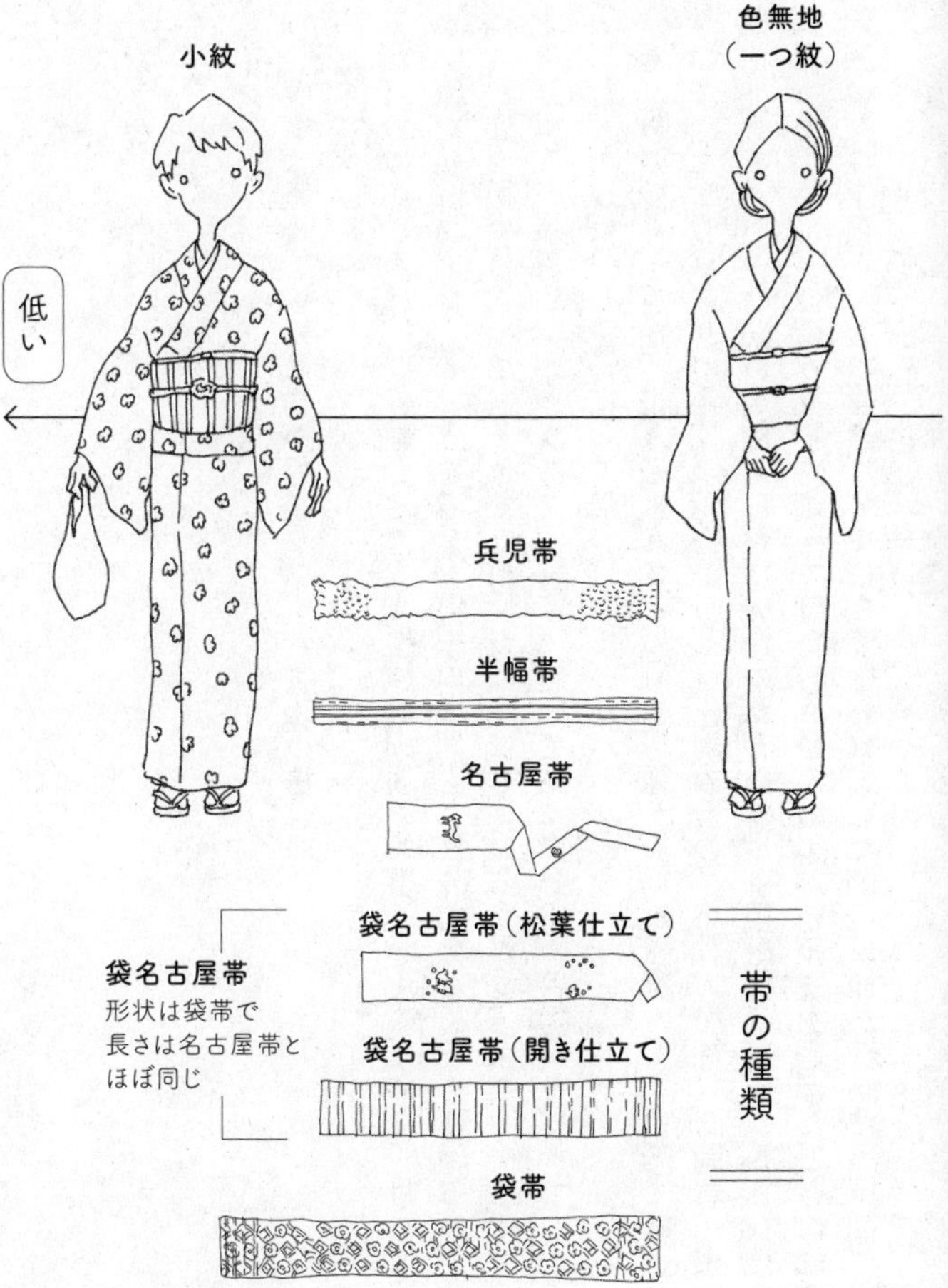

小紋
色無地
（一つ紋）
低い
兵児帯
半幅帯
名古屋帯
袋名古屋帯（松葉仕立て）
袋名古屋帯
形状は袋帯で
長さは名古屋帯と
ほぼ同じ
袋名古屋帯（開き仕立て）
袋帯
帯の種類

第二章　着物生活の後押し

実家に眠っていた着物の相談――Aさんの場合

友だちのAさんは、要介護認定で要支援のご両親のお世話をするために、月に何度か実家を訪れていた。この先を考え、実家の整理もしなくてはと思ってはいるのだが、両親が要支援ではあってもそれなりに元気に過ごしているなかで、家の中にあるものを処分するのは難しい。とりあえず実家に置いてある自分用の着物から持ってこようと、行くたびに少しずつ持って帰ってきていた。

それらの襦袢《じゅばん》、着物、帯などはAさんの御祖母様《おばあさま》が反物から選んで、自分で縫ったものだった。お宮参りの乳児の着物から七五三用のもの、小紋、振袖《ふりそで》、訪問着、喪服、黒留袖まで、いつの間にか揃えられていたのだという。御祖母様は自分の娘と女性の孫たちのために、似合う反物を選んで縫い、Aさんの弟が結婚式を挙げたときには、親族の女性全員が、そのときはすでに亡くなられていた御祖母様が縫った黒留袖でずらっと並び、記念写真を撮った。

実家に置いてある着物は、三年前にこれから着る可能性があるもの三十点ほどを手入れに出して、業者から戻ってきた、大きなジップロックみたいな着物用のパック入り、そのままの状態で桐簞笥《きりだんす》に入れていた。いちおう手入れがされているので、私はちょっとほっとしたのだが、

「振袖用の帯は成人式で一度締めたきりで、三年前の手入れのときにも頼まなかったので、どういう状態になっているかわからないの。娘の大学院の卒業式があるんだけど、それにふさわしいのかどうか、帯合わせもわからないのよ」

という。

「振袖に合わせて締めたのだから、問題ないんじゃないの」

「実は私はその祖母が縫った振袖が気に入らなくて、みんなが着ているような振袖にしたいっていったら、母親がデパートで買ってきたの。それは今の時代に娘が着るには、古くて派手すぎると思って手入れをしないで実家に置いたまま。とりあえず持ってきた着物や帯を見てもらえないかな。緊急に着る用事があって、私、来月に知人のお嬢さんの結婚式に出席するのね。そのときの訪問着と帯を見て欲しいの」

何であってもどんな着物であっても、見られるのはとても楽しくうれしいので、私はほいほいと喜んで彼女の家にいった。

まず見せられたのが黒留袖だった。

「これはすごいわね」

もちろん比翼つき*1でふき綿仕立て*2になっている。これまでも身内の方が縫った着物は何枚も見たことがあり、どれも気持ちがこもった着物ばかりだったが、技術の点でいうとそれはプロのようにはいかないものだった。しかし御祖母様の縫ったものは、すばらしい仕上がりで、玄人はだしとはこのことかしらと驚いた。呉服店で誂《あつら》えたといっても、誰も疑わないすばらしさだった。おまけに御祖母様の趣味がとても洒落《しゃれ》ていて、Aさんにはちょっと地味かもしれないけれど、黒留袖の花々の意匠も更紗《さらさ》*3柄っぽくて趣があった。それには金一色で大きな扇が織り出された袋帯が合わせられていた。

「これは黒留だから、知り合いの結婚式には着られないんでしょう。だからこの訪問着を着ようと思うんだけど」

見せられたのは、樺色《かばいろ》の地で上前が薄茶色で斜めの染め分けになっており、上前全体に草花の刺繍《ししゅう》が施してあった。きちんと手入れがなされ、品がよくて彼女にとても似合いそうだったが、持参したメジャーで袖丈を測ってみたら、一般的には一尺三寸、センチでいうと約四十九センチなのだが、その訪問着の袖丈は約六十センチある。

「留袖はそうじゃないのに、どうしてこうなっているのかなあ」

　彼女は首を傾げていた。

「今はほとんどないと思うけど、昔は小紋や訪問着の袖丈を長く仕立てることもあったから、そのなごりじゃないかしら。そっちのほうがエレガントな感じがするから」

「ふーん」

　訪問着に合わせて仕立ててあった襦袢は、一般的な襦袢の反物だと袖丈の分が足りないので、振袖用の襦袢地を使ったのか、白地に鮮やかなピンクの大きな柄だった。

「用途とあなたの年齢を考えると、襦袢は色が薄いものに、新しくしたほうがいいと思うわ」

「うん、わかった」

「帯はどうするの？」

　彼女は留袖用の金一色の扇の帯がどうかといったのだが、私は、

「これはちょっと地味すぎると思うんだけど……」

といいつつ、積まれた帯の畳紙《たとうがみ》を勝手に開けて、袋帯を何点か取り出した。そこから薄いベージュの地に、金の直径二十センチほどの丸柄の飛び柄のなかに、それぞれ色鮮やかな鳳凰《ほうおう》や牡丹《ぼたん》が織り出されている帯を発掘した。

「絶対この帯のほうがいいわよ。こっちにしましょう」

　私のほうで決めてしまい、変色していた帯揚げ、帯締め、足袋《たび》を買い替え、襦袢を

仕立てることになった。

急ぎの用事のほうを片づけ、次は娘さんの卒業式の振袖である。

「これなんだけど」

見せてもらったのは、シンプルなカナリヤ色の地の京紅型《きょうびんがた》の中振袖だった。使っている色数も多くはない。

「どういう雰囲気の卒業式なの？」

「大学の卒業式は振袖に袴《はかま》と決まっていたので、振袖は買って袴はレンタルしたのだけど、もう着ないから着物は下取りしてもらったのね。院の卒業式は人数が少ないし、女子学生は二人しかいないの。もう一人の子はスーツを着るみたい。もうこれで学生の身分は終わりなので、せっかくだから祖母が縫った振袖を着てもらいたいって思ったのよ」

「それはそうよね」

私は同意しながら、振袖の王道の意匠から比べると、この振袖は個性的で卒業式に着るにはややカジュアルな雰囲気があるが、式がそれほど格式ばったものでなければ、これでいいのではないかといった。

「ああ、そうよね。場所の問題もあるわね」

御祖母様が用意してくれていた振袖だったが、彼女は自分が、

「これは個性的すぎる。みんなが着ているような振袖が欲しい」

といって着なかった手前、感じるところもあるようだった。

「帯はこれなの」

彼女が見せてくれたのは、黒地で帯幅いっぱいに黄色の大きな花が織りだしてある宝相華紋《ほうそうげもん》で、その中に、赤、緑の織り柄がある超モダンなデザインだった。

「これも御祖母様の趣味なんでしょう。本当にモダンよね」

「そう？　私は全然わからないけど」

「私もいろいろ見てきたけれど、こんなに個性的で素敵な趣味のものは見なかったわ」

ところが折りたたんであるのを持ち上げると、中にびっしりとカビが生えていた。

「これは手入れをしてもらわなくちゃだめね。この分だと帯芯もカビているから、仕立て直しになるかもしれないし、最悪の場合は新しいものを買う必要があるかもしれないけれど」

「それは仕方がないわね。ほったらかしにしていたんだもの」

振袖用の襦袢はこのまま使い、あとは帯がどの程度きれいになってくるかの結果待ちになった。

「実家にある私が着た振袖を持ってきたほうがいいかな」

「それは王道タイプなんでしょう。できればそちらも選択肢としてあったほうがいいと思うわ」

「でもねえ、興味もないし買ったもので愛着もなくて、桐箪笥に入れないで、ぐるぐるっと丸めて棚につっこんであるの。じゃあ、今度実家に行ったときに持ってくるわ」

その後も二人で他の畳紙を開け、Aさんが、

「これは何？　あれは？」

とたずねるのを、

「これは小紋、こっちは付下《つけさげ》小紋。付下小紋は柄の向きが全部上を向くように染めてあるの」

と着物を示しながら話すと、

「はあ、なるほど」

と彼女はうなずいていた。ああだこうだと話していると、娘さんが帰ってきた。高校生の頃から知っているので、大学院を卒業するまでになったのかと感慨深かった。

「いろいろと申し訳ありません。私の振袖についても母がお願いしたみたいで」

とても聡明《そうめい》で愛らしくきちんとしたお嬢さんなのである。

「いえいえ、私も楽しみにうかがわせてもらいました」

といっていると、

「あの、ものすごく変な帯があるんですよ。ねっ」

と彼女は思い出したようにいった。

「あ、そうそう。ものすごく変なの」

Aさん母娘《おやこ》は、どれだっけといいながら畳紙を開き、

「あ、これ、これ」

と一本の帯を指さした。それはチョコレート色の濃淡で柄が織り出された袋帯だった。もちろん手入れはされていない。

「馬にまたがった丸顔の人が、矢を射《う》ってるんですよ。こんな変な柄の帯、あります？」

そういいながら二人は笑っている。

「これは狩猟紋っていって、正倉院《しょうそういん》文様のひとつで、とても格調が高い文様なのよ。礼装にはならないけれど、Aさんの訪問着にも締められる立派ないい帯よ。お茶席だったら色無地に締めても素敵」

私が話すと、

「へえ、これが？」

と顔を見合わせて驚いていた。

「聞いてみないとわからないものねえ。二人で馬鹿にしていたんだもの」

「それは馬に乗っている人がかわいそう。この人もいずれ手入れに出してあげて」

三人で笑いながら、畳紙を開けてみたが、紬《つむぎ》はない代わりに小紋や羽織、名古屋帯《なごやおび》も今着ても全然おかしくないくらい、どれも柄行《がらゆ》きが洒落ていて、

「もったいないから着て」

と私は訴えた。

そして振袖の件について娘さんに、

「こうしたいとか、ご希望はありますか」

と聞いたら、おまかせしますという返事だったので、私の責任は重大だった。そしてすぐには実家に行けないけれど、後日、振袖を持ってきて最終決定をするという話に落ち着いた。

Aさんの訪問着の襦袢と娘さんの振袖の相談をするにあたり、娘さんの大学の卒業式のときは、業者が大学に来たし、呉服店に行かなくても御祖母様が全部揃えてくださっていたので、呉服売り場に行った経験がないというので、私がお世話になっているデパートの呉服売り場の担当の女性を紹介し、私も彼女たちに付き添っていった。いちおう訪問着と候補の中振袖を持っていって寸法を確認し、礼装用の正絹の白や薄い色の襦袢は、年月が経つと黄変するのがちょっと気になるとAさんがいったので、黄変しない合織がいいのではとアドバイスをした。すると私も愛用している、夏のものと思われている「爽竹《そうたけ》」の袷《あわせ》用襦袢の反物があるという。肌触りもいいので、それ

で至急、訪問着の袖丈に合うものを仕立ててもらえるように頼んだ。小物も揃い、足袋も試着して購入し、Aさんの用事は無事に済んだ。

次は娘さんの振袖の件である。

「これは私の寸法で作ってあるので、娘にはちょっと大きいのではないかと思うのですが」

娘さんは洋服だと5号サイズなのである。

担当の女性は、

「直すほどではないと思います。着付けで調整できる範囲なので」

という。そしてカビだらけの黒い帯を見て、悉皆《しっかい》の専門の方に見てもらって、経費も含めどれくらいきれいになるか、のちほどご連絡しますという話になった。

「どんな帯がこの振袖に合うか、試しにご覧になりますか」

彼女が娘さんにその振袖を着付けてくれて、店頭にある様々な振袖用の帯を当てて、どんな感じになるかコーディネートしてくれた。

「帯によってこんなに雰囲気が違うんですね」

Aさんは感心していた。娘さんはおとなしい顔立ちなのに、意外にも平凡な誰にでも合いそうな優しい感じの帯よりも、個性の強い帯のほうが映りがよかった。きっと彼女の内面の意志の強さが現れているのだろう。私は着物を着るとその人の内面がとてもよく現れると思っているのだが、若い人でもそうなのだと納得した。

Aさんはそのなかで黒地に花柄の帯が気になったようで、

「この帯素敵だわ」

と手に取って見ていたら、

「わっ、川島織物のだった。私ですら川島は知っているもの」

という。しかし値段を見て、

「えっ、このお値段で買えるの？　へえ、もっと桁《けた》が違うと思っていた」

といっていた。そして値段と好みは正比例しないのもわかったといっていた。手持ちの宝相華紋の帯の手入れがうまくいったら、新しい帯は買う必要はないので、

「手入れのほう、できるだけよろしくお願いします」

と頼んできた。

後日、肌着について確認しなかったと、一枚、体のサイズに合いそうな着物スリップを買って、彼女の仕事場に行き、

「ちょっと上から羽織ってみて」

と手渡した。しかし、彼女がTシャツの上から着てみたら、前が重ならない。

（んんっ？）

私はあれっと思い、

「訪問着、一度くらい羽織っているよね」

と確認すると、

「ううん、やってない。だって畳紙から出したら、たたまなくちゃならないでしょう。私、たためないから、この間、デパートで呉服売り場でたたんでくれた、そのままで置いてある」

彼女は手足がとても細いし、顔も太っていないので、痩《や》せてはいないにしても太っているという印象がなかったのだが、彼女は、

「昔は7号だったけど、今はお腹回りだけ13号だとちょっとあぶない」

という。

「迂闊《うかつ》だったわ。私も裄丈じゃなくて全体の寸法を確認すればよかった。着物のサイズと帯の長さがちょっと心配だから、またお宅にお邪魔してもいい？」

「わかった、それだったら私も実家から振袖を持ってきておくわ」

そして再び彼女の家に行って、着物を羽織ってもらった。私は人に着付けをしたことがないので、素人着付けもいいところなのだが、余裕を持って着るにはあと十五センチ、お腹まわりの部分のみ、身巾《みはば》があると安心といった感じだった。が、寸法を直している時間的余裕はない。

「これくらいだったら、ぎりぎり大丈夫なんじゃないかな。着付けの人はプロだから、

身頃の重なりは少なくなるだろうけど、きちんと着付けてくれると思うわよ」

着物はそのまま何とかなるとして、問題なのは帯である。帯はどうやったって長さは伸びない。薄いベージュ地の素敵な袋帯を彼女の体に巻いてみると、二重太鼓がものすごーくちっちゃくなってしまい、彼女がこの帯を締めるのは無理だった。せっかく御祖母様が縫ってくれた帯なので、できれば結べればよかったのだが、私は、

「この帯では長さが足りないわ。ちょっと見て」

と彼女に鏡で後ろ姿を見てもらった。

「やだー、お太鼓がちっちゃーい。それに前のところの鳳凰も牡丹の柄も、みんな脇に隠れて見えなくなっちゃってる」

と笑っていた。長さを測ったらその帯は四メートル二十センチ、金一色の留袖用の帯も同じ長さだった。御祖母様は7号サイズの彼女の姿しか知らないわけだから、その寸法で仕立てたのも理解できる。

またもう一件、実家に突っ込んであった振袖のチェックがあった。

「これなのよ。なんだか錦鯉《にしきごい》みたいでしょ」

畳紙にも包まれておらず、おおざっぱに丸められた振袖は、白地に朱色で大きな雲取り疋田《ひった》*4が飛んでいた。そして私はちらっと見えた金駒《きんこま》刺繍*5のボリュームに目を奪われ、

「ちょっと、これはすごいものじゃないの」

と広げてみた。裾《すそ》には草花のボリュームがある手刺繡が施され、ジェットプリントにミシン刺繡が主になった現代では、お金に糸目をつけなければ別だが、一般的にはほとんど見かけないような、手の込んだ振袖だった。

「あなた、これ、ぐるぐる巻きにして棚に突っ込んでいたのよね」

「そう、桐簞笥にも入れないでずっとほったらかし。捨てようと思っていたから」

「ひゃー」

驚きしか出てこなかった。

私は彼女に、この振袖がどんなに手がかかったものかを説明し、娘さんがいいというのなら、こちらの振袖を卒業式に着たほうがいいと話した。

「でも御祖母様が縫われたものじゃないから、その点は気になるんだけどね。あの黒い帯が締められるのだったら、私も少しはほっとするんだけれど」

「そうね。私がその組み合わせで成人式に着たからねえ」

黒い帯がきれいになってくれれば、娘さんはお母さんと同じ振袖と帯のひと揃いで式に臨むことになる。振袖自体は白地なので多少の黄変はあったが、ほったらかしにされていたわりには、ひどい状態ではなかった。私はすぐに呉服担当の女性に連絡をして、振袖の候補が増えたので、どの程度の手入れが必要か見て欲しいと頼んだ。

先に担当者に振袖を届け、私のほうは着用日が迫っているAさんの訪問着用の袋帯の調達を、何とかしなくてはならなかった。うちにある礼装用の袋帯の長さが足りなければ、知り合いの着物スタイリストに、袋帯だけレンタルしてもらえないか頼むか、どうしようかと考えつつ、手持ちの礼装用の帯の長さを測ってみたら、母のところからまわってきた、礼装用の綴《つづれ》*6の帯が四メートル四十センチでいちばん長かった。色も訪問着に合いそうなので、よかったら使ってくれないかと彼女に連絡したら、

「本当？　じゃあ、お借りしてもいいかしら」

と快諾してくれた。それを持ってAさん宅に行って結んでみたら、何とか二重太鼓の格好がついた。

「帯がとても素敵。それにまるで誂えたみたいに色がぴったり」

と彼女がとても喜んでくれたので、私もうれしかった。ああ、よかったと、心からほっとした。Aさんの件は、襦袢の仕立て上がりを残すのみで、ほぼ落着した。貸し借りできるところも、着物や帯のいいところである。

次はまた振袖問題である。先に担当者に振袖を届けて、専門家にどの程度の手入れが必要かを聞いておいてもらった。そして結婚式の着用一週間前にAさんの襦袢の仕立てが上がってきたときに合わせて、受け取りを含めてAさんと私の二人で話を聞きにいった。振袖を見た担当者も、

「今はこういうものはなかなか作れないですね」

といった。

「ほら、やっぱりそうでしょ」

「そうですか。でも錦鯉なのよ」

「だからこれは王道なんですってば」

「ああ、そうか、そういうものよね」

とAさんはうなずいた。気になった黄変も完全に真っ白ではないが、着用には差し障りがない程度に戻るだろうし、カビが出ていた宝相華紋の帯は、きれいになるという。

「ああ、よかった」

Aさんの着物のチェックをさせてもらい、彼女と呉服売り場との間に入っている立場としては、完璧《かんぺき》ではないにしても、そのなかでベストの状況になって欲しいものだ。襦袢には彼女が持っていた礼装用の刺繍衿《ししゅうえり》もつき、きれいに仕上がっていた。

そして後日、結婚式の画像を見せてもらったら、気になった身巾がまったく問題なく思われるほど、きれいに着付けられていて、

「さすがプロは違う」

と感心した。

「こんなに軽くて締めやすくて、形が崩れない帯ははじめてだって、いわれちゃった。これまで着物ってただきつくて重いだけかと思っていたけれど、そうじゃないのね」

「それは着付けの人が上手だったのだと思うわ。下手な人に当たると、着崩れが心配だから、紐《ひも》をぎゅうぎゅう締めて、着ている人が気持ちが悪くなるらしいわよ」

着物に関して、彼女が持っていたマイナスイメージが少し薄れたのがうれしかった。

錦鯉振袖と宝相華紋の帯は見事にきれいになって返ってきた。事前にバッグと草履、髪飾りはすでに購入していて、娘さんは京紅型でも錦鯉でもどちらでもいいけど、伊達《だ》衿《てえり》*7は若草色にしたいといったという。そしてコーディネートは私にまかされてしまった。もちろんAさんとも相談の上である。デパートのテーブルの上には、雑誌や本の置き撮りのような状態で、振袖と帯が置かれていた。半衿には大学の卒業式に使用した刺繡衿がつけてあり、娘さんが希望した若草色の伊達衿が重ねられている。

「この錦鯉に黒地の帯って、すごい色合わせよね」

彼女がそういったので、

「何度もいうけど、これは王道ですから」

と私はいった。最初はAさんが伊達衿と同じ色の若草色の絞りの帯揚げを帯の上に置いてみたけれど、伊達衿と色を揃えないほうがいいような気がして、

「帯と伊達衿の間に、ワンクッション別の色を入れたほうがいいんじゃないのかな」

と様々なピンク色の絞りの帯揚げを持ってきて置いてみた。

「帯締めを若草色にしたらどうかな」

帯の上にのせてみたが、色がリンクしすぎてつまらない。今風のフラットな感じの振袖なら、小物を同系色でまとめてもおかしくないかもしれないが、この振袖には色を加えていったほうが、娘さんにも似合うような気がした。離れて見ると金と銀が混ざったような織りで、近付いてよく見ると薄いブルーやピンクの色ものぞいている、礼装用の洒落た帯締めがあったので、それをのせてみたら、とても映りがいい。

「私はこの帯締めがいいと思うんだけど。あとは帯揚げの色を決めましょう」

「ああ、そうね。この帯締め、ちょっと変わっていて素敵」

私とAさんが候補のピンク系の三点の帯揚げを眺めていて、そのなかの二点に絞って迷っていたとき、ふと私は疋田絞りのなかに、大きな梅が絞ってあるほうを手にした。十万円の値段がついていた。驚いてもう一枚のほうを見ると、三万八千円だった。

「こっちはやめときましょう」

「えっ。何で」

Aさんに値札を示すと、

「あー、これはいらない。こっちでいいです」

と帯揚げも決まった。

「こんなに値段が違うのね」

彼女は驚いていた。

「手のかけ具合が違うから。でもこちらでも十分素敵よ。もっと別の価値を求める人は、梅のほうを買うかもしれないけど」

全体をもう一度眺めてみると、偶然、草履の鼻緒やバッグにも、帯締めと同じような薄いブルーやピンクの色があり、全体のバランスがとれているのではないかと思った。

Aさんがそのまま家に持ち帰り、娘さんに見せたところ、とても喜んでいたと連絡があった。着るまでにはまだ時間があり、当日はヘアメイクをしなくてはならないので、Aさん母娘にとっては大変かもしれないが、一生に一度のおめでたい日なので、無事に済みますようにと願うばかりだった。

着物箪笥の整理――Bさんの場合

八月の終わり、そのAさんから、

「私の友だちのBさんの家に、二十数年放置したままの桐箪笥があるのだけれど、美大に通学している娘さんが着物を着たいといいはじめたので整理をしたいんだって。でも近所に住んでいる彼女のお母さんは、高齢で記憶がはっきりしないし、友だちも着物のことはまったくわからないので、助けて欲しいっていっているんだけど」

といわれた。もちろん、

「私でよければ」

と喜んで返事をして、Aさんと一緒にBさんのお宅にうかがった。少しでも娘さんが着物を着るお手伝いをしたいので、私が使わなくなった帯留数個、帯留をするときに使う三分紐を含む帯締め十本、絞りの布がパッチワークしてあるのと、ブルーグリーンの無地のリバーシブルの半幅帯をおみやげに選んだ。しかし美大生なのできっとご自身のきっちりとした好みがあるだろうし、こんなセレクトでいいのかなと心配にはなった。

事前に、豪邸だからといわれていたが、都内の住宅地なのに、家の中に入るとまったく外の音が聞こえなかった。Bさん一家は、まだお子さんが小さいときに、会社の赴任先、ドイツで生活していた。日本にいたときの住まいは賃貸で、そこは引き払ってきた。すると東京にいたBさんの母親から、

「急に日本に帰るようにいわれたとき、住む家が決まっていないと不安だろうから、私たちと一緒に住む家を建てたいのだけれど」

と電話があった。夫と相談した結果、そのほうがいいだろうと結論が出て、こちらに帰ってきて住む家について、Bさんのご両親にすべてまかせたのだった。

それから間もなく日本に帰り、Bさん家族四人と、両親との生活がはじまってしばらくすると、母親が、

「みんなで住むと狭くていやだ。敷地の中に自分たちの家を建てる」

と敷地内に家を建てて出て行った。そのときに家具から食器から、持っていたものを全部置いていってしまった。そしてお金を持っている両親は、新居のためにすべて新しいものを買い揃えたのだった。Bさんが、

「自分たちのものは持っていって」

といっても、

「飽きたからいらない」

と無視された。両親は海外生活が長く、海外で購入した重厚な木製の家具を持って帰ってきていた。私も拝見したが、これは今作るのは大変でしょうといいたくなるような、でも日本で使うにはちょっと場所ふさぎといいたくなるような、キャビネットや棚がそこいらじゅうに置いてあった。そして海外生活で使っていた、大きな店舗が開店できるくらいの量のおもてなし用の食器が、ブランド別に何十ピースもあった。そんななかで、誰にも目を留められず、気にもされず、着物が入った桐簞笥が、ずっ

と置き去りになっていたのである。それも大きな食品庫の中に、マイセンの食器を収めた棚と一緒に置かれていたのだった。たしかにこの豪邸ならば、放置するスペースがそこここにあるので、ずっと気に留められていなかったのもうなずけた。

私が行ったときは、桐簞笥はすでに二階の食品庫から一階の広い部屋に下ろされていた。

「気に入るかどうかわからないけれど、いらなかったら処分してね」

とおみやげを渡すと、娘さんはとても喜んでくれた。色白で華奢《きゃしゃ》なかわいいお嬢さんだが、私の友だちが、

「会うたびにヘアスタイルもメイクも違うので、本当の彼女がどういう人なのかわからない」

と笑っていた。私が会ったときは、天使のようなパーマがかかった、ミルクティー色のくりくりのヘアスタイルだった。Bさんは、

「彼女は本当にセンスがいいんです。通学するときも、私の父や母の服を自分でアレンジして着ていくんですよ。父のジャケットやズボンも着るんです。私の若い頃の服も着るんですが、私とは体形が違うせいか、まったく別物に見えるんです。ヘアスタイルもころころ変わって、そのたびにメイクも変わるんですけど、それがとってもよく似合うんです」

といった。母親がこのように人前で娘さんを褒め、認めてあげられるのはとても微笑ましかった。

「でも一度だけ、金髪で髪の毛の長さが三センチくらいになったときだけは、それはちょっとといいましたけど」

えっとびっくりしていると、娘さんが、

「それがこれです」

とスマホの画像を見せてくれた。ところがそれがものすごくかっこいいのである。そのヘアスタイルで真っ赤な口紅、同じく真っ赤なサングラスを掛け、デニムを穿《は》いている。まるでファッション雑誌のグラビアのモデルのようにかっこいいのだ。

「あら、素敵」

素直に感想をいうと、娘さんは、

「ほらあ」

と胸を張っていたが、Bさんは、

「そうですかあ、このときだけはちょっとねえ……」

と苦笑していた。

お嬢さんは昔から着る物が大好きだったという。保育園には着替えを持っていくのだが、自分がその日、着ている服が気に入らないと、わざと汚して気に入っている着替え用の服を着て家に帰ってきていたという。中学、高校は制服だったが、美大には家にある服を組み合わせて着ていった。バッグも彼女の御祖母様、Bさんのお母様が海外赴任中に現地で購入した、何十年も前のセリーヌやグッチを持っていっている。

「それが全然、おかしくないんですよ。よくそんなふうにコーディネートできるなって、感心しているんです」

　Bさんがうれしそうにいった。

　娘さんは絵を描くのだけが好きで、勉強は大嫌いだった。この偏差値で進学できる高校があるのだろうかと心配するくらいだったが、Bさんが、

「この子は本当に絵の才能があるんです。だからそれを認めてやってください。勉強の点数とか偏差値とか、私はこの子の価値は、そこにはないと思っていますので」

　と学校の先生にいい続けてきて、なかなかそれを理解してくれる先生がいなかった。その後、入学できる高校が見つかり、入部した美術部の先生がとてもいい理解者で、彼女は高校二年生のとき、突然、

「美大に行きたい」

　といったという。Bさんは五カ国語を話せるし、夫ともども偏差値でいえばトップクラスの大学を卒業し、海外留学もしている。海外への出張も多く、夫婦で世界中を飛び回っているような生活なのだ。Bさんが、

「美大は実技だけじゃなくて、試験もあるのだから、これから一生懸命に本気で勉強しないと、合格できないわよ」

と話すと、娘さんはそれまでまったく興味を持たなかったのに猛勉強をはじめ、現役で受験した美大すべてに合格したのだった。

「すごいわねえ。底力があるのね」

私が感心していると、

「いやあ、あのときは本気でやりました」

という。

「美大だと着物を着て通学している人もいますよね。着物を着たくなったそうですけれど、最近は着ているんですか」

「それほどでもないですけれど、成人式のときは、これで行きました」

とスマホの画像を見せてくれた。深緑色の着物に袴を穿き、頭にはつばのある黒い帽子、グレーの羽織というか、グレーの羽織風のトッパーコートの裏地は真紅で、翻るとその色が見えるようになっている。半衿は黒地に赤や白の四角が刺繍されたものだった。

「かっこいい。よく似合っていますね」

本当によく似合っていた。Bさんは、

「私は何もわからないので、娘のいうとおりにしました」

と笑っていた。

Bさん母娘が成人式の着物を見にいったとき、振袖などの華やかな着物が並べてあるのをよそに、娘さんは同じフロアで開催されていた、職人さんの実演に釘付《くぎづ》けになっていた。Bさんが声をかけても、座り込んで職人さんの技をじーっと見つめていたのだという。そして江戸小紋《えどこもん》*8が欲しいということになり、Bさん曰《いわ》く、「結構な値段がした」という江戸小紋と襦袢と羽織風コートを誂え、着物に合う半衿を購入した。すべて娘さんがその場でコーディネートしたものだった。

娘さんにはきちんとした自分の好みがあるので、それが許される場ならば、それを活《い》かしたほうがいい。スタイルとしては、ストリート系といえるのかもしれないけれど、人それぞれの楽しみ方ができるのが着物のよさだ。幸い、通学している美大の卒業式は、三分の一は一般的な振袖姿、三分の一が鳥人間コンテスト風コスプレ、そして残りの三分の一が娘さんのようなストリート系の着物だったりと、自由なファッションスタイルだという。昔の呉服店の売り文句のように、

「みなさん、こういうふうなお支度をなさっています」

とか
「成人式にはこういうものを着るものです」

などと、そんな売り文句を聞いても、今の若い人が納得するわけがない。またそのようなスタイルでも、彼女が持っているものは、ひとつひとつがとてもよいものなので、奇をてらった感じがせずに品があるのも素敵だった。

まずご挨拶《あいさつ》をしながらお茶をいただいた後、いったいどんなものが入っているのかと、四半世紀、食品庫に放置された桐簞笥を開けると、様々なものが入っていた。上部に衣裳盆《いしょうぼん》が三枚あり、その他は引き出しになっていた。とにかく二十数年前の物品を発掘するので、とんでもないものが出てくるのではないかと、私たちはゴミ袋を片手に、衣裳盆から手をつけた。まず七五三の子供用の変色した小物類と、ピンク、赤、緑色の絞りの帯揚げが出てきた。どこからかのいただきものなのか、そのままぽんと置かれていた、「千代《ちよ》の富士《ふじ》」の浴衣《ゆかた》の反物まで。Aさんと私とで使えそうなものを選び、娘さんが好みのものを選ぶという、流れ作業で行われた。Bさんはキッチンでお昼ご飯の準備をしてくださっていた。

いちばん上の引き出しには、御祖父様《おじいさま》のものが入っていた。しかし畳紙のすべてが二十数年放置されたことを物語り、全体に濃い茶色いしみが浮き出ていて、私的には、

(こりゃ、いかん)

状態になっていた。娘さんはそんな畳紙の中から出てきた、疋田三浦絞《みうらしぼ》りの白地と藍地《あいじ》の二枚の浴衣を見て、

「白のほうはお兄ちゃんに。青いほうは私が着る」

と部屋に設置してある木製ベンチの上に置いた。Aさんは引き出しから重なってい
る畳紙を次々に取り出し、

「こういうのもちょっと面倒くさいのよね」

といいながら、紐をほどいて開けていった。モスグリーンの紬が出てきた。

「これ、好きです」

娘さんがそういうので、

「それなら、ちょっと湿っているみたいなので、着物ハンガーにかけておいたほうが
いいかもしれない」

と指示した。それとお揃いの羽織も出てきた。男物の羽裏は富士山《ふじさん》とか、鷹《たか》とか、
決まり物が多いのだけれど、お洒落な方だったのか、とても愛らしい今風のイラスト
っぽい筆致で、松並木が描かれていた。

「これは寸法を直したほうがいいかしら」

と娘さんに聞くと、彼女はしばらく羽織を眺めていたが、裏返すと鏡を見ながら、

「これは裏返してコートにして着ます」

という。私とAさんは、

「はい、わかりました」

と返事をして次の作業に移った。派手な金ラメが入った、グリーン、白、薄茶のボーダーの襦袢が出てきたので、御祖母様のものかと思ったら、御祖父様のものだとわかり、こんな男物の襦袢があったのかとびっくりした。

黒留袖が二枚出てきた。一枚は重なった二枚の大きな金色の扇面のなかに花や鳥が刺繍されている豪華なもの。もう一枚は中近東の雰囲気の更紗のような柄の、珍しい柄行きだった。

「ああ、これ着たい」

と娘さんが飛びついたので、

「これは結婚している人じゃないと、着られないわよ」

というと、

「えっ、そんな着物があるんですか」

と驚いていた。

「そうなの。地色が黒じゃなくて他の色の色留袖だと、既婚でも未婚でも着られるんだけどね。黒留袖は結婚している人の第一礼装なのよ」

説明すると、

「えー、そうなんだ」

と残念そうにしている。

「でも黒留袖が着られないのがもったいないから、そういう人たちで集まったり、パーティを開いたりしている人もいるみたいよ。インターネットで見たことがあるわ」

彼女はしばらく考えていたが、

「これは洋服用のコートにします」

とリフォームコーナーに置いていた。

他人様《ひとさま》の着物簞笥の中を拝見するのは、何が出てくるのかと本当に楽しみだ。Aさんが開けておいてくれた畳紙を見てみると、そのほとんどがひとつ紋つきの小紋、付下《つけさげ》、訪問着で、その紋も金糸、銀糸で縫われている。付下も、白の縮緬《ちりめん》*9地《じ》に手書きで大胆に赤い洋花が描かれているもの、青い花が描かれているもの、緑色の花が描かれているものなど、生地も筆致も同じなので、同じ作家の作品と思われた。具体的な花を描いているわけではないので、ファンタジックな白地の着物だった。そしてこれらにも銀糸のひとつ紋がついている。

「一般的に考えると、白地のこのような着物は、何枚も選ばないような気がするのですが、お母様は何かなさっていたんですか」

様子を見に来たBさんにたずねると、

「海外赴任先でお茶を教えていたそうです。仕事相手の外国の方をお茶室でおもてなししていたようで、きっとそのときに着ていたんじゃないでしょうか」

なるほどと納得した。きっとドレス感覚で選んでいらしたのだろう。外国人には江戸小紋などより、白地にはっきりした大胆な柄の着物のほうが、喜ばれたりしたのかもしれない。

白地の手描き小紋のうち、青い花は娘さんから却下されたので、赤と緑が残された。白地なので黄変が激しい部分もあり、これは手入れの要相談案件になった。他にも白地にベージュでびっしりと七センチほどの大きさの楓《かえで》が描かれ、その何枚かが赤く色が挿されて紅葉、また緑が挿されて青紅葉になっている、凝った小紋も出て来た。しかしこちらも白地なので、黄変が見られた。一同、

「うーん」

とうなりながら、とりあえずそれも「手入れをしてみよう」コーナーに置いた。その他、薄ベージュの地に煉瓦色《れんがいろ》の唐花亀甲《からはなきっこう》*10の小紋は状態がとてもよく、ピンク地に赤と黒の大きな四角が飛んでいる大胆な銘仙*11も出てきて、娘さんは喜んでいた。濃いブルーの無地のウール、北欧柄のようなグリーンとブルーの色合いのウールの羽織も、幸い虫食いもなくとてもいい状態だった。

そんななかで目を奪われたのが、紫と茶が混じったような色の訪問着だった。遠目には無地に見えるのだけれど、菱形《ひしがた》の地紋があり、近寄ると金彩《きんだみ》で草花が描かれているのがわかる、見たことがない着物だった。それを見た娘さんは、

「これは卒業式に着る」

と喜んでいた。

「地味だから、ちょっとお飾りを付けたほうがいいわね」

「あなたがいっていた、着物の下に穿くプリーツスカートもいいんじゃないの」

おばさん二人があれこれいっていると、彼女のイメージがだんだんふくらんできたようで、

「よかったあ、これは絶対に着る」

というので、広げてみてまた驚いた。ふつう下前に作家の落款が押してあるのは見るけれど、おくみの部分がハガキ大の大きさに白抜きしてあり、そこに、

「為　〇〇子様　××」

とBさんのお母様の名前が墨書きしてあり、作家の落款が押してあった。こんなに堂々と為書きされている着物をはじめて見た。Aさんも、

「すごいわね」

とびっくりしていた。娘さんも、

「何だか文字がでかいですね」

と笑っていた。しかし為書きがあるのに、寸法は明らかにお母様の寸法ではなかった。お母様の寸法は並寸法よりも小さいのに、その着物はいわゆる並寸法で仕立てられた。

れている。為書きをするくらいなのだから、当然、着る人の寸法で仕立てるのは当然なのではないか。しかしその寸法のおかげで、娘さんは少し裄出《ゆきだ》しをするくらいで着られそうだった。

「でもサイズが不思議ね」

納得できない私が首を傾げていると、娘さんは、

「お祖母ちゃんは、よく着物をもらっていたそうです」

という。海外赴任が長く、現地でも着物を着ているのを知って、いちいちサイズを聞けないものだから、周囲の人が差し上げたい着物を、とりあえず並寸法に仕立てていたということなのだろうか。

「それにしても、あなたが着ることになってよかったわ。この着物とても素敵だもの」

娘さんはにっこり笑い、他の畳紙を点検しはじめた。畳紙に「ｋｅｅｐ」と書いたものが数点出てきた。

「こう書いてあるのが、もらったものだと思うんですよね」

中を開くとピンク色の色無地や、灰色の渋い江戸小紋。白緑《びゃくろく》色の地にところどころ金糸が織り込んであり、雲形や花の形を白の絞りで表している飛び柄小紋。娘さんは、

「いらないです」

ときっぱりいい切った。私は白緑色の小紋は、長羽織かコートにしたら面白いかも

といいそうになって、ぐっとこらえた。彼女は直感で選んでいるので、迷わせるようなことをいってはいけないのだ。

その他、グレーと紫の太縞《ふとじま》の上に蠟叩《ろうたた》き*12が施された洒落た小紋が出てきて、それも並寸法だった。

「これもきっと貢ぎ物ですね」

娘さんは着物を着用グループにいれた。

次の引き出しは帯だった。着物が派手目なので帯は比較的シンプルなものが多く、どんな着物にも合わせやすそうだった。シャンパンカラー一色の亀甲柄の袋帯、生成色のスワトウ刺繡*13の袋帯、白地に緑と赤の花を織り出した帯も出てきた。こんなにぴったり白地の手描きの着物に合う帯は見つからないと思うので、誂えたのかもしれない。しかし広げてみると、ちょうどいちばん目立つ前帯部分に、茶色い大きなしみがあり、着用は諦《あきら》めた。しかし娘さんは、

「バッグにしたらいいかも」

と黒留袖と同じリフォームコーナーにその帯を置いた。

濃い紫地に侍烏帽子《さむらいえぼし》をかぶり、直垂《ひたたれ》姿の座った武士の図を織りだした名古屋帯が出てきた。

「これはいります」

娘さんがよけると、また黒地に同じような図柄の帯が出てきた。これもいるのかと思ったら、

「これはいらないです」

という。このへんの差が私にはわからないが、彼女なりの基準があるようだ。薄紫の四センチ角ほどの大きさの様々な梵字《ぼんじ》を織りだした名古屋帯は、彼女がいるといったので、

「これは法事用だと思うわよ」

といちおうはいっておいた。こういった帯は知っていて締めるのと、知らないで締めているのでは、やはり違う。どちらの帯もカビが出ているようだったので、「手入れをしてみよう」コーナーに置いた。

そのほか赤紫色と白の博多献上《はかたけんじょう》*14の半幅帯と、使用感はあるが、ピンク色の地に黄色で北欧風の花柄を織りだした、私がはじめて見たタイプの博多織の半幅帯が出てきた。娘さんは両方とも選ばなかった。黒留袖用のやや黄変が見られた白い襦袢が出てきたが、地紋がきれいだし生地もしっかりしているので、捨てるのはもったいないし、どうしようかしらねえといっていると、ふと寝間着にしている人がいたのを思い出し、

「寝間着はどうかな？」

と彼女に提案した。すると、

「ああそれはいいですね。そうします」

と分けてくれたのでほっとした。どうしようもないものは捨ててもいいけれど、なるべくならあるものは活かしたい。

その他、帯揚げは絞りのもの以外見つからず、帯締は十数本、羽織紐も五本ほど見つかったので、それは全部、取っておくことになった。しみだらけの畳紙と劣化がひどくてどうにもならないものとで、45リットルの袋二つ分のゴミが出た。入っていたものをすべて出して中を拭《ふ》き、Aさんが、

「畳紙をまとめて買って、全部入れ替えてね」

と指示していた。

着物整理には一切タッチせず、我々のお昼ご飯を作ってくれていたBさんは、

「あらー、きれいになったわね」

ととても喜んでくれた。食事をしながら、「手入れをしてみよう」コーナーにあるものを、専門の人に見てもらわなくてはいけないのだけれど、どこか懇意にされている呉服店はありますかとたずねたら、ないというお返事だったので、毎度のことながら、デパートの呉服部を紹介した。結構な荷物になるので、持ち運びをどうしようかと考えていると、Aさんが自分の車で自宅に持って帰り、外商担当の人に持っていっ

てもらうようにすればいいのではという。私と同じ担当の人なので、私が彼女に事情を説明して、取りに来てもらうように連絡しておく手はずになった。

Bさん手作りのおいしいお昼ご飯をいただいた後、娘さんが月末に友だちと屋形船に乗ると話しはじめた。

「みんなで浴衣を着ようっていっているんですけど、あのお祖父ちゃんの浴衣が着られないかな」

ああ、あれはいいわねといいながら、私は彼女が羽織った浴衣を見て思い出した。男性の浴衣には胸の部分に余裕が生まれる身八つ口がなく、袖の振りの部分が閉じられた人形仕立てなので、女性が半幅帯を締めるのにはとても具合が悪い。

「あら、どうしましょ。コーリンベルトも使えないわね」

Aさんも困っている。袖付け部分を残し、振りの寸法をほどいてかがったらいいのではないかと思ったが、私も和裁の詳しい知識があるわけではないので、軽々しく口にはできない。

「これじゃだめでしょうか。前にも九月の頭に着たことがあるんですけど」

娘さんがふだん着ているという、プレタのデニム着物を持ってきた。それに合わせて張りのあるオレンジ色と白のボーダーの兵児帯《へこおび》も買い、この組み合わせでよく外出していたという。

「もしかしたら暑いかもしれないけど、よく似合っているわよ」

私は素直に感想をいった。彼女は洋服の上からさっさと着物を着てみせてくれたので、着物を着るのには慣れているらしい。鏡のないところで着たので、丈がやや長くなっている。

「丈がいつもうまくいかないんです」

「着るときに丈が気になるから、下を見て合わせようとしていない？　下を見ているといつまでたっても丈は決まらないから、鏡を見たらまっすぐ前を向いて、鏡の中で丈を決めたほうがいいわよ」

と話した。

「ああ、なるほど、わかりました。いちばん問題なのは帯なんですよ。この帯だったらぐるぐる巻いて、蝶結《ちょうむす》びにすればいいだけなんですけど、去年と同じだとちょっとなって思っていて」

するとAさんが、

「それじゃ、教えてもらったら？」

と私を見た。

（えっ）

私の着付けは自己流なので、他人様にきちんと教えられる自信がない。

「あなたはきちんと着付けを習ったんでしょう」

Aさんにいうと、

「じゃあ、私は文庫結びを教えるから、あなたは別の結び方を教えてあげて」

娘さんが帯結びに慣れていないのだったら、ふだんと同じように動いても、帯締めで固定できる形のほうが安心だろうと思い、前結びで「矢の字」を覚えてもらうことにした。私のおみやげの半幅帯が、大好きな色といってくれたので、彼女はデニム着物にブルーグリーンの半幅帯、私はワンピースの上に、桐箪笥から出てきた彼女がいらないといった赤紫色の博多献上の半幅帯をお借りして、まずどんな形になるか見てもらった。

「こういうふうになりますけど、いいですか?」

「はい、お願いします」

並んで手順を覚えてもらうと、最初は手とたれが、どっちがどっちだかわからなくなったようだ。

「最初は私もそうなったから大丈夫」

彼女が使っている帯が長かったので、

「折り上げた輪になったところを内側に折り曲げてもいいし、長さを調整する方法はいろいろとあるけれど、そっちのほうが面倒くさくないかも。最初の手にする長さだけはきっちりとってね」

と背中で折り上げる長さを調整した。

とても覚えがいいお嬢さんで、二、三回やっただけで結び方を覚えてしまった。

「帯の長さは一律じゃないから、違う帯を締めるときには、そのつど長さを確認しないとだめなの」

「えーっ、そうなんですか。今はできたけど、明日、できるかどうかわからないな」

「着物を着たり、帯を締めたりする練習をするときは、一週間に一度、三時間やるよりも、一日三十分くらい、一週間通してやったほうが覚えやすいの。とにかく間を空けずに毎日やれば、手が覚えてくるから。それと最初はわけがわからなくなって疲れるので、三十分以上はしないこと。できてもできなくてもそれでやめてね。ああだこうだとやっているうちに、結局、いやになっちゃうのよ。だから少しずつ毎日ね」

「わかりました」

彼女はそういって一人で締めてみせてくれたが、ちゃんと結べていた。彼女は飲み込みが早く、とても頭がいいのがよくわかった。Bさんは側で拍手をしながら、

「すごーい、ちゃんとできてる」

と喜んでいた。

「忘れないようにしなくっちゃ」

娘さんは喜んでいて、Aさんも彼女に文庫結びを教えてあげていた。そしてもう一度、本日の復習として、矢の字を教えて帰ってきた。後日、家にあった『5分で結べる！ 簡単らくらく 半幅帯のお洒落』（石田節子監修 世界文化社）をAさんを通じて、娘さんに渡してもらうようにと伝言しておいた。

二週間ほどして、Bさんと娘さんから、丁寧なお手紙と写真が届いた。結局、デニム着物ではなく、たまたま通りかかった呉服店の店頭にあった綿縮緬の白地の浴衣が気に入ってしまった。それが筆を振って染料をとばしたような感じの、様々な色が飛び散っているポップで素敵な柄だったので、私がさしあげた半幅帯の無地のほうを表にして締めていた。足元はミュールだった。店の人に、このデザインをしたのは八十歳をすぎた男性だと聞いて、びっくりしたと書いてあった。他のお友だちもみなかわいらしい浴衣姿で、楽しそうに写真に収まっていた。

よかったよかったと思いながら、Bさんのお手紙を読んでみると、あれから娘さんは毎日、三十分間、帯結びの練習をし、ベッドの上で帯揚げ、帯締め、帯留めをコーディネートしていたという。そしてお友だちのうちの一人は、お母さんに着付けてもらったのだが、他の二人は娘さんが浴衣を着付けて、帯も文庫結びにしてあげたのだという。

「ええっ、あれからそんなに経っていないのに、お友だちに着付けて、帯まで結んであげられるようになったのか」

と感激した。もう一度、写真を見てみたが、彼女の着付けは完璧だった。若い人の能力は高いなと感心した。

手入れ候補の着物と帯を、デパートの担当者がAさんの家に取りにきてくれて、どの程度、元に戻るものか、どのくらい経費がかかるか、四人で話を聞きにいった。私は事前に私の呉服担当の女性に、

「ご自身の趣味がきちんとあるお嬢さんなので、よろしくお願いします」

と頼んでおいた。私は彼女の着物の好みがある程度わかったので、何かの参考になればと、イギリス人の着物研究家の方が書いた『シーラの着物スタイル』（シーラ・クリフ　東海教育研究所）をバッグの中に入れていた。自分だけではなく、お友だちの着付けもしたのはすごいと褒め、

「綿縮緬の浴衣は珍しいわね。私も昔は見たけれど、最近は見なくなったわ」

と話すと、

「やっぱり珍しいんですか。お店の人も『これは珍しいもので、これからはもっと手に入らなくなりますよ』って薦められたんですけど、またうまいことをいって買わそうとしているなって思っていたんです。でも気に入ったから買ってもらったんですが。その話は本当だったんですね。あんなポップな柄を、八十歳をすぎた方がデザインす

るなんて、信じられませんでした」

という。

「着物や帯のジャンルでは、年齢が上の方のほうが若い人よりも斬新《ざんしん》な意匠を考えたりする場合も多いのよ。素敵な浴衣だから大事にしてね」

「はい、そうします」

とうなずいていた。

呉服の担当者は細かく着物の汚れなどを説明してくれて、手入れの段階に応じた金額を知らせてくれた。娘さんが卒業式に着るといっていた為書きつきの訪問着にも、素人目にはわからなかった少量のカビがついていて、手入れが必要になった。Bさんはもともと着物に興味がないし、うかがった日はずっとお昼ご飯を作っていてくださったので、娘さんが着たいといった着物がどんな着物かを、その場ではじめて見ることとなった。

白地に手描きで花が描かれた、銀糸の縫い紋付きの着物は、手入れをしても着用可能にはならないだろうという判断で、すべて持ち帰りである。白地に楓がびっしりと描かれ、ところどころ紅葉になったり、青紅葉になったりしていた凝った小紋を見たとたん、Bさんが、

「これ大好きです。素敵だわ」

といったので、

「黄変はすべてはきれいにはならないけれど、家の中や近所に行くときに自分の楽しみで着るくらいには問題ないので、これは手入れをしてもらったらどうですか」

という話になった。

「えーっ、大丈夫かな。これから娘に着方を教えてもらわなくっちゃ」

Bさんは楽しそうだった。

「お母様の半幅帯が二点ありますし、きれいな状態の黒地の名古屋帯もあったので、着るのだったらまったく問題ないですよ」

「そうですか。ふふふ、何だか楽しくなってきました」

と笑っていた。

娘さんが卒業式に着たいといった訪問着の下に、黒いプリーツの高さのある立ち襟をつけたいというので、そうなったら下に襦袢を着ないで、Tシャツに加工を施すかどうするかを、あれこれみんなで考えた。また襦袢を裾から見せたいということもあり、そうなると襦袢に白い半衿だと変かもという話になり、娘さんが売り場で小さな菱形の黒レースの半衿を持ってきた。しかし私はつい口をはさみ、

「このレースの柄だと地味じゃないかしら。もっと大柄のほうがいいような気がするけれど」

といってしまった。するとちょうど大柄の花を象《かたど》ったレースがあり、

「ああ、こっちのほうがいいですね」

と娘さんが納得してくれたので、半衿は決定した。この着物に合わせた襦袢は見当たらず、彼女が成人式のときに誂えてもらった襦袢は、ごくごく一般的なおとなしい雰囲気のものだった。渋い色がいいというので、

「それだったら男物のほうが面白い柄があるかもしれないわよ」

と話すと、娘さんは担当者と一緒にすぐに紳士物の襦袢の棚に行き、何本か反物を抱えて戻ってきた。ベージュの地に臙脂《えんじ》色《いろ》の手描き風の般若柄《はんにゃがら》、黒地にグレーの蜘蛛《くも》の巣柄、グレーの風神雷神図があったが、みんなの意見が一致して、「風神雷神図」に決定した。

「わあ、どんどん決まっていくわねえ」

Bさんは喜んでいた。私は担当者に、

「黒のレースは襦袢の地衿を白じゃなくて黒にして、白が透けないように仕立ててください。それと襦袢を見せて着る場合もあると思うので、そのときに裾がぺらぺらしているとみっともないので、重みが出るように返しをたっぷりとってください」

と頼んだ。その場で彼女が仕立て屋さんに確認して、可能という返事を聞いて安心した。

三月なので羽織物が必要で、成人式に着た羽織物は裏が真紅なため、この訪問着には合わない。そこで彼女と私は羽織物コーナーに行って、あれこれ見ていると、黒のベルベットのとてもかわいいケープがあった。裏は緑色の孔雀《くじゃく》の羽柄だった。

「これかわいいよね」

「ええ、とてもかわいいです」

彼女も気に入ってそれを持ってきた。

「それを羽織るのね」

Bさんはこれまで、彼女が選ぶものに、何ひとつ文句めいたことはいわなかった。にこにこしてじっと見守っていた。

「でも、あなた」

娘さんに声をかけた。

「これ、卒業式用だけど、きっとそれまで待てなくて、今から着ちゃうでしょう。そんな気がするわ」

娘さんはふふっと笑いながら、

「今月末、着ていきたいところがある」

と小声でいった。

「ほら、ねっ。これは卒業式用でしょう。今からじゃんじゃん着て、卒業式のときにぼろぼろになっていたら困るわ。どうしましょうねえ」

Bさんは苦笑、娘さんは屈託なく笑っていた。たしかに卒業式までずっとしまっておくのはもったいない、すぐに着たくなる素敵なケープだった。

手入れ、仕立ての段取りがすべて済み、手入れの相談、コーディネートと集中してつっぱしっていた我々は、お茶を飲んで、

「はあ」

とひと息ついた。私が、

「これ、見ていると楽しいので、どうぞ」

と持ってきた本を娘さんに渡すと、ぱらぱらとページをめくっては、

「あ、これかっこいい。こっちもいいなあ」

と喜んでくれた。しかしそれ以上に喜んでくれたのはBさんだった。彼女はカメラが趣味だった時期があって、着物姿で素敵な人がいると、声をかけて写真を撮影したりした経験はあるが、自分が着ようなんてまったく考えていなかった。ところが今回、目の前に広げられた何枚もの着物を見て、絹の着物の持つパワーに圧倒され、引き込まれてしまったという。そして、娘さんが見ていたシーラさんの本を横からのぞき込んでいたのだが、いつの間にか自分の手に収めてしまい、

「ああ、これ素敵。こういうのが着たいです」

と指をさした。それは大胆な太い縞の夏物だった。

「Bさんはおとなしい柄行きや、小柄なものよりも、大胆な柄のほうがお似合いだと思うので、そういったタイプの着物をお召しになったら素敵だと思いますよ」

「ええっ？　そうですか？　ああ、でもこちらも素敵。着物に長靴を履いていてもかわいいですね」

彼女は素敵を連発しながら、ページをめくっていた。

シーラさんの着付けは、帯板もかっちりしていなくて、どちらかというとゆるめの着付けになっている。それが私が子供の頃に見た、着物姿の人たちの姿にとてもよく似ていて、コーディネートはアバンギャルドかもしれないが、みんなが気負わずゆったりと楽に着物を着ていた時代を思い出すような、とても懐かしい気持ちにさせてくれるのだ。

Bさんは何度も何度も写真を眺め、本を自分のバッグに入れてしまった。

「私も着物を着ようかな」

今度、習っているピアノの小さな発表会があり、こぢんまりしている本当に内輪の会なので、普段着OK、ドレスアップOKで、何を着ても許されるのだそうだ。

「とりあえずデニム着物に、いただいた半幅帯を締めてみようかな」

「いいじゃないですか。サイズ的にはまったく問題ないですし、娘さんは帯結びは完壁ですから、まかせて大丈夫です」

Bさん母娘は顔を見合わせて笑い、

「今日は本当に楽しかった」

といって帰っていった。

娘さんの卒業式のコーディネートの大筋が決まったのもうれしかったが、それよりもまったく着物に興味がなく、整理にうかがった当日も、その様子さえほとんど見に来なかったBさんが、着物を着たいといってくれて、私はとてもうれしかった。その後、私が見てとても面白かった『KIMONO times』（AKIRA TIMES メディアパル）と、『帯結ばない帯結び』（ayaaya TAC出版）をプレゼントしたら、とても喜んでいただいた。これらは、

「還暦を過ぎた私でも、もうちょっと着物で遊んでもいいかも」

と思わせてくれた本だった。

ピアノの発表会に着物を着るのを楽しみにしていたBさんだったが、出張先のニューヨークから直行しなければならなくなったパリの出張後、体調を崩して発表会自体に参加できなかったのだそうだ。娘さんは卒業制作で毎日、大変だという。

「着物って本当に可能性があるんですね。洋服よりもずっとあるような気がしました」

といってくださった。とてもお忙しい方だけれど、着物を着る日があればうれしい。

着物の知恵、知識は多くの場合、母から娘に伝えられるものだが、娘から母に伝えられるものもある。娘さんに希望どおりの着物、帯、襦袢が届けられ、Bさんが着物デビューができますようにと願った。私にとっても、とても楽しい経験だった。また周囲に着物について相談する人がいない場合、あの豪勢な振袖が、もしかしたら捨てられていたかもしれないと思うと、せつなくなってきた。Aさんは明らかに捨てるつもりでいたからだ。着物好きからすれば、価値はたくさん見いだせるけれども、そうではない人にとっては、ただ持て余しているものでしかない。そういった着物も、世の中にたくさんあったのだろうと思うし、もったいないと思ってくれれば、リサイクル店の店頭に並ぶ場合もある。どちらにせよなるべくなら、世の中に循環させたいものだなあと思ったのだった。

着付け道具

肌着〜襦袢編

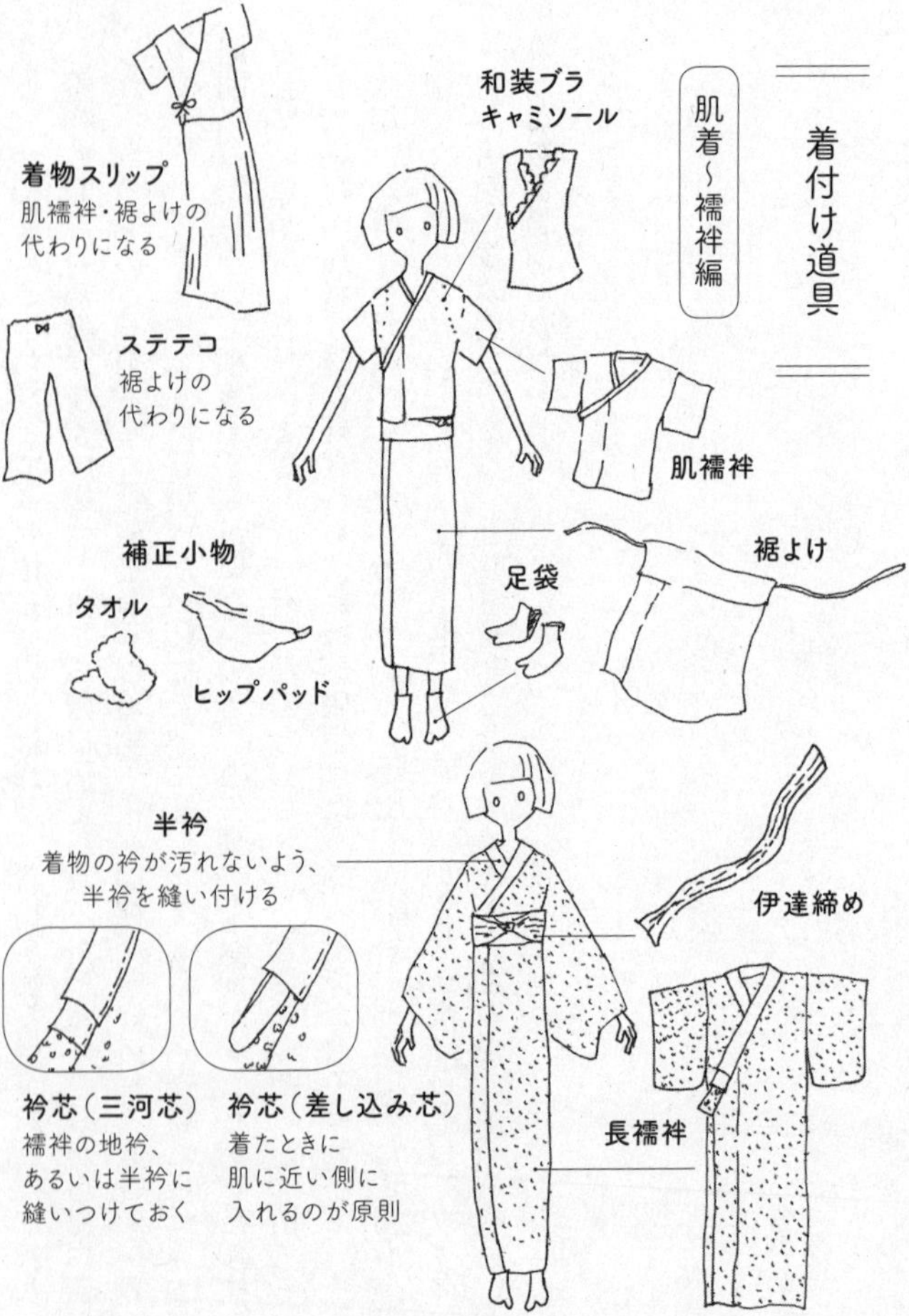

和装ブラ
キャミソール
着物スリップ
肌襦袢・裾よけの
代わりになる
ステテコ
裾よけの
代わりになる
肌襦袢
補正小物
タオル
ヒップパッド
足袋
裾よけ
半衿
着物の衿が汚れないよう、
半衿を縫い付ける
伊達締め
衿芯（三河芯）
襦袢の地衿、
あるいは半衿に
縫いつけておく
衿芯（差し込み芯）
着たときに
肌に近い側に
入れるのが原則
長襦袢

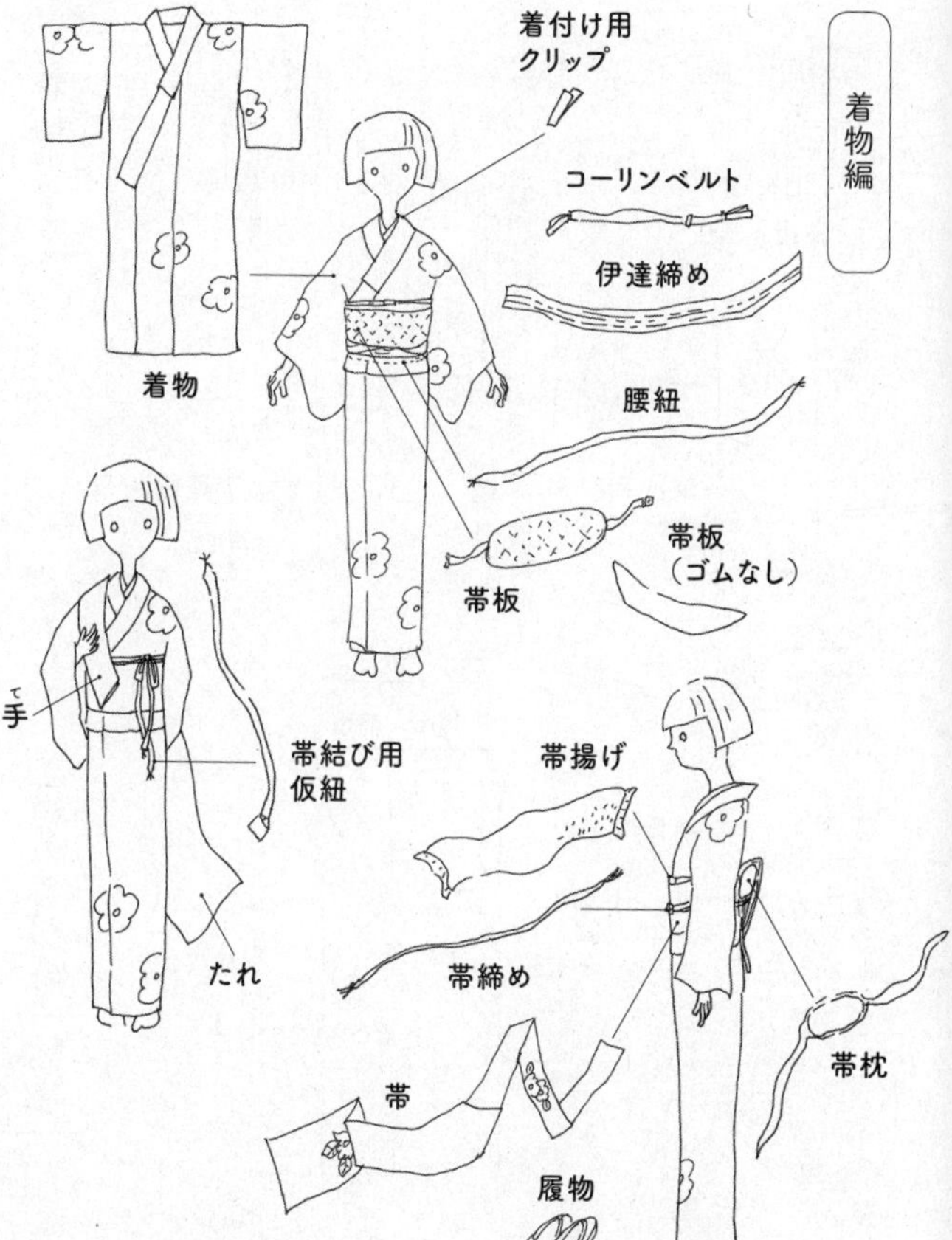
着付け用
クリップ
コーリンベルト
伊達締め
着物
腰紐
帯板
帯板
（ゴムなし）
手《て》
帯結び用
仮紐
たれ
帯揚げ
帯締め
帯
帯枕
履物

着物の上着

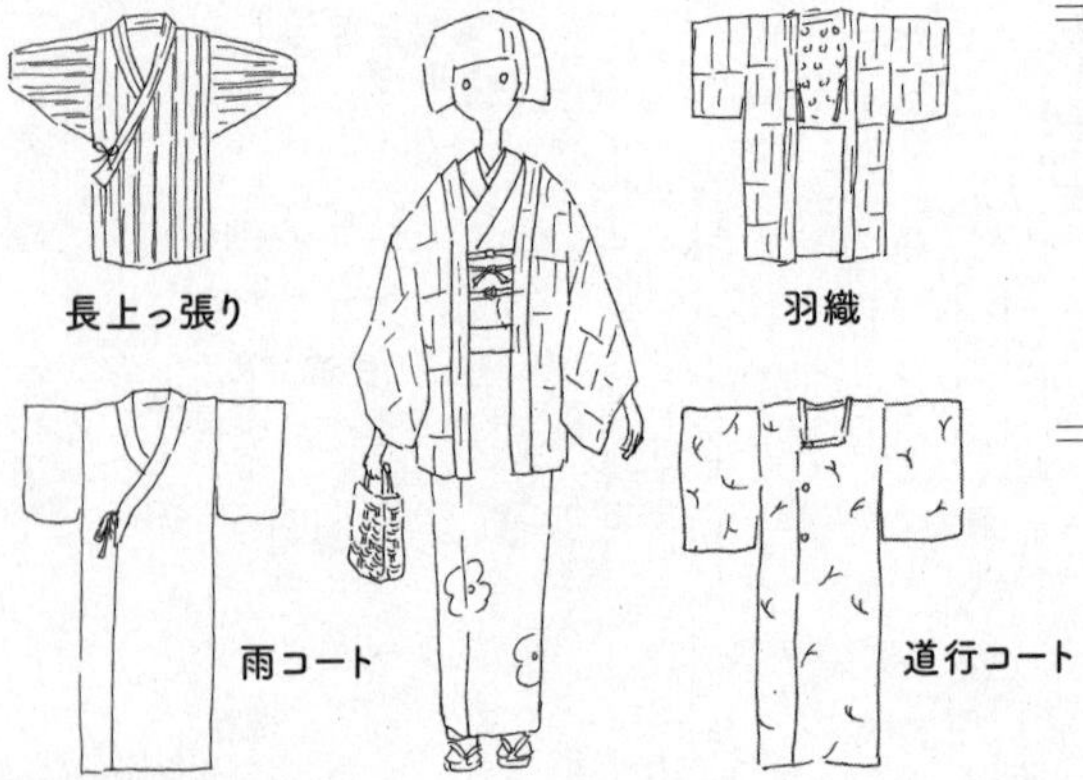

着物の各部の名称

広衿
2倍の衿幅に
仕立てたもの
着付ける際に
半分に折る

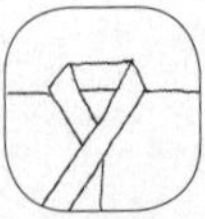

バチ衿
半分に
折った状態で、
あらかじめ
縫い止めたもの

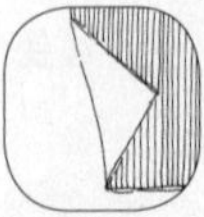

袷
裏地がある

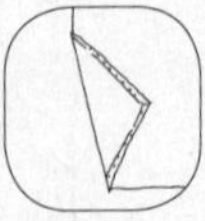

単
生地が一枚で
裏地がない

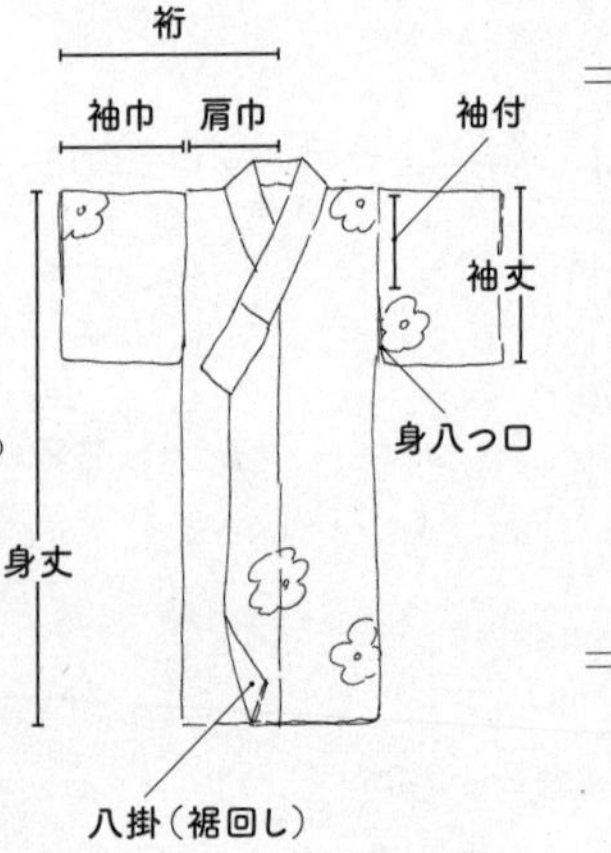

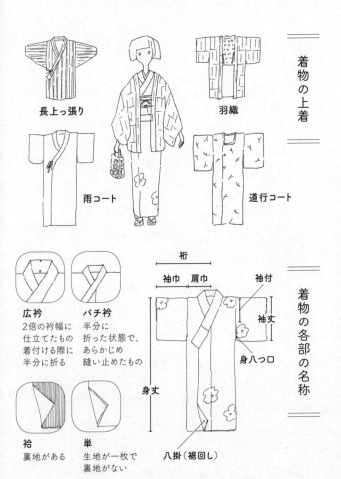

第三章　着られない理由

着物を着たいという声はたくさん聞くのに、実際は着ている人がとても少ないし、情報が必要なところにまったく届いていない。私の周囲にいる方々は、いったい着物に対して、どのように考えているのかうかがってみた。

振袖と浴衣以外、わからない――Tさん　四十代前半

着物には興味があるのですが、母から譲られた浴衣《ゆかた》が二枚、祖母が買ってくれた浴衣が一枚、自分で買ったプレタの浴衣が一枚ある程度です。以前、仕事で着物を着なくてはならなくなったとき、Xさん（後出）から、お知り合いから譲られたという、緑色の色無地、帯、襦袢《じゅばん》一式を貸していただきました。どうしようと思っていたら、

「着付けは頼んであげる」

といっていただいて、着物を着ることができました。また十人近い同僚と、浴衣でビアガーデンに行こうという話になり、会社でXさんに着付けてもらいました。

七五三の写真が残っていて、赤い着物を着ているのですが、私の記憶にはありません。成人式のときは祖父母が振袖《ふりそで》一式を買っておいてくれました。赤い地に金の刺繡《ししゅう》が施してある華やかなものでした。自分の好みというよりも、目の前に出してもらったものを着ただけなのですが、とてもかわいらしい振袖だったので、見ても着ても気分がとても上がりました。卒業式は周囲に振袖を着る人がいなかったので、雰囲気に合わせてスーツにしたので、振袖は成人式のときしか着ませんでした。結婚式に招かれたときも洋服でしたし、一度しか着なかったのは、もったいなかったなと思っています。

高校からの親しい友人が着物好きで、自分の手の届く範囲のものを集めているのは知っていました。就職してXさんたちが、仕事やプライベートで着物を着たり、浴衣で遊びに行ったりするのを見て、いいなと思うようになりました。和小物は好きですし、着たくなる要素はたくさんあると思っていますが、自分では手が出せません。まずお金がかかりそうなこと。着付けが自分でできないと、気軽に着られないような気もしています。ぱぱっと着られれば、興味がもっと深くなるかもしれないです。仕事上の必要に迫られて、着物をお借りして着付けてもらったわけですが、想像していたよりも楽で心地よかったし、汗だくにもなりませんでした。仕事の延長だったので、必要に迫られて走らなくてはならないときもあったのですが、着崩れもしなかったです。心配していたよりもずっと楽でした。機会があったらまた着たいです。

着たいと思っているのは、会社の同僚が着ていたクラシックなあやめ柄の浴衣です。母から譲られた浴衣は、彼女の若い頃のもので、藍地《あいじ》、白、ビビッドなピンクの柄がはいっている、大胆なものです。それはとても好きで、私も母の趣味の影響を受けているような気がします。人とかぶらないような柄が好きなのかもしれません。着物を肌になじんでいるように着ている人を見ると憧《あこが》れます。やはり着せてもらっているのと自分で着たのとでは、見ても違う気がします。Xさんが着ていた白大島《しろおおしま》（奄美《あまみ》大島の織物）も素敵でした。私が沖縄が好きなので南のほうのものに関心があるのかもしれません。が、とにかく着付けができないので、相当ハードルは高いです。

一時期、ＹｏｕＴｕｂｅを見ながらがんばってみたこともありましたが、不器用なのかなかなか身につくところまではいきませんでした。自分はすぐには着られるようにはならないのではないかと挫折《ざせつ》しました。友だちが結婚式に参列して、いい着物を着ているのを見ると、いいなあと思うのですが、私には道のりは遠い感じがしています。特に浴衣は着て帰ってくると、ひどく着崩れているようで、恥ずかしいという気持ちのほうが強いです。着物ならではの用語もいろいろとありますし、何が何だかわかりません。「付下《つけさげ》」「小紋」「志《し》ま亀《かめ》」っていったい何？ と首を傾げてしまう状態です。

実はXさんが白大島に合わせる帯を買うとき、私も一緒にその場にいたんです。呉服店に行くというので、社会見学のためと同行しました。成人式の振袖のときは、すでに仕立て上がっていたし、自分で買った浴衣はプレタだったので、呉服店には浴衣の着付けをお願いするときしか行った経験がなく、とても面白かったです。反物を選んで肩にかけたり、着物を着たときのイメージがふくらむように、身頃や袖をつくって着装してもらったり、

「へえ、こういうふうにするのか」

と興味津々で眺め、そしてXさんが帯を買ったので、

「あー、こういうふうに買うのか」

と見ていました。そのとき値段を見て、リアルに驚きました。私はとても買う覚悟はできていなかったので、とりあえず寸法だけ測ってもらって帰ってきまし

た。

リサイクルショップを見ると、リーズナブルな値段ですから、そこからはじめてもいいかなと思います。しつけ糸がついたままの襦袢が二千円くらいでした。実はXさんから着物一式をお借りして着た後、メルカリで着物や帯、反物を見ていたことがありました。着物に対する興味はあるのですが、あと一歩かなと思います。いつもXさんには励ましてもらっているのですけれど。

とにかく自分で着られないのがいちばんの問題ですね。帯は結ぶのが楽しそうで、がんばれば自分で何とかできそうな気がします。ワンタッチ式の作り帯もありますが、下手でも帯は自分で結びたいです。でも着物は難しそう。ぱぱっと着られるようになれたらいいのですが、こちらはワンタッチで着られる着物があったら、すぐにでも欲しいです。くるっと体に巻き付けたらそれで終わり、というような。

私は山形出身なのですが、今日、お話ししていて、地元に着物の産地がたくさんあると、はじめて知りました。「新田紅花工房」の名前だけは聞いた記憶がありましたが。置賜紬《おいたまつむぎ》、白鷹御召《しらたかおめし》、米沢織《よねざわおり》など、有名な産業があったのですね。地元にいたのに私にはそういう情報は入ってきていませんでした。今度実家に帰ったら、地元で反物を選んでもいいなと思いました。

お話をしているうちに、ご出身が山形県とうかがって、

「山形県は着物産業の宝庫じゃないですか」

と思わずいってしまいました。地元に宝があるのに、それにこれまで気付かなかったのが、本当にもったいない。ぜひ生産地の方々にはもっと地元にはこういう素晴らしい産業があると、最低限、地元の人たちにはアピールして欲しいものです。今度、実家に帰ったら、地元で反物を選んでもいいかもしれないとおっしゃっていましたが、ご親戚《しんせき》の方が着物を持っていらっしゃるとのことでしたので、ご親戚内で融通できる着物があったら、手はじめとしてそれをお召しになるのもいいなと思いました。

ワンタッチで着られる着物ですが、インターネットで調べたところ、おはしょりの部分を縫い止め、子供の着物のように紐《ひも》をつける仕立てをしてくれる呉服店はあるようです。手持ちの着物からの仕立てだと一万二千円から一万三千円程度の価格でした。ただ着たときの丈が重要になるので、その点、細かいやりとりが必要になりますが。糸をほどけば元に戻るそうです。このような仕立てを利用するのもいいかもしれません。

振袖だけは着ている——Uさん　三十代

　学生時代、落研《おちけん》にいまして、ポリエステルの踊りの衣裳《いしょう》みたいな薄っぺらい着物に、半幅帯を締めて高座に上がっていました。きっとひどい格好だったと思うのですが、いちおう半幅帯は締められます。実家には振袖一式が置いてありますが、今はひとり暮らしをしているので、部屋には着物は一枚もありません。

　成人式のときは自分は振袖はレンタルでいいといったのですが、祖母には振袖に対する並々ならぬ思いがあったようです。夫を早くに亡くした祖母が、一人娘である私の母の成人式のときに、振袖か車かどちらかを買ってあげようといったら、母は車を選んだのだそうです。祖母は振袖を着せたかったようなのですが、それが空振りになり、孫の私には振袖を買ってあげたかったようです。

　買うときは祖母と母と私と三人で、駅に行くときによく見かけていた呉服店に行きました。振袖用のパンフレットがあったのですが、三人全員が気に入った振袖があって、それを羽織ってみたら、

「わあーっ」

　とテンションが上がり、私の姿を見た祖母が涙ぐんでいたのです。それを見たら私はこれを着なければという思いが強くなりました。その振袖は紫色と茶色が

混ざったような素敵な地色の辻が花《つじがはな》*15だったのですが、パンフレットのなかでいちばん高いもので、金銭的にも申し訳ないなという気持ちになり、「着なければ」になったのです。

卒業式でも袴《はかま》を穿《は》いて着ましたし、友だちの結婚式にも着ていってとても褒めてもらいました。私が振袖を着るのを知って、式をする友だちから、

「華やかになるから、振袖で出席してね」

と念を押されるようになりました。そして出席すると喜んでいただける。振袖は二十代のときにフル稼働で、より好きな気持ちが高まりました。

私の場合は母親が毎日自宅にいて、振袖をきっかけに頻繁に訪ねて来てくださる呉服店の方とすぐに懇意になったので、他の着物を買っている方とは少し違うかもしれません。呉服店の担当の方は、一枚の振袖とそれに合わせた帯、襦袢を買っただけなのに、季節ごとに実家を訪ねてきてくれていました。おみやげに蜜柑《みかん》を持ってきてくれたり、親と雑談をして帰ったり、歌舞伎の席を用意してくれたりするのです。昔の呉服店の商売のやり方は、このような感じだったようです。

しかしいつまでもお世話になっているわけもいかないので、年に何回か販売の日のお知らせが届くと、母が、

「そんなもの、なかなか買えないわ」

と断っていたのですが、よくしてくださるし、いつもいつも断ってばかりだと悪いなという気持ちもあり、何か購入しなければ……とは思うのですが、優先順位からいって着物ばかり買うわけにもいかないので、何年かに一度、お金を持っている親戚のおばさんを連れていったりしました。

今年三十歳になったので、あと五年くらいはこの振袖の色だったら着られるかなと思い、帯を買い替えました。母も礼装のときに締められるのではと、二人で気に入った白地の帯にしました。実は最初に見せてもらった帯に母が納得せず、買わずに一度、家に帰ってきました。家で母が、

「あれはあまりいいものじゃなかった」

といっていました。私は着物の相場というものがわからないし、質に関してもよくわからないのです。結局、二度目に行ったときに見せてもらった帯が気に入り、半衿《はんえり》はそのまま、帯に合わせて帯揚げを緑色のものに買い替えました。その呉服店では振袖を着るたびに帯を違うように結んでくれるのです。こういっては何ですが、振袖を着て出かけると、他の方の着ている着物を見て、自分の着物がいちばんいいなと思います。

五年ほど前、ドイツ人の友だちとお祭りに行ったときは、浴衣をレンタルしました。私の着物は振袖以外にはないのですが、買うのは難しいです。やはりまと

まった金額の出費がネックですね。ボーナスが入ったら海外旅行に行きたいですし、ひとり暮らしなので、乾燥機付きの全自動洗濯機が欲しいし、まだまだ生活に必要な大物にお金がかかるんです。着物に関しては、いつでも呉服店が相談にのってくれるとは思うのですが、常に親を挟んだ関係性なので、いくつになっても私はお嬢ちゃん扱いなんです。私が主になる立場ではないんですね。母と呉服店に主導権がある。便利といえば便利かもしれませんが、逆に他の呉服店にはとても行きづらい。でもとても親切にしていただいてご恩は感じています。

大きな店舗ではないのですが、その呉服店は普段着用の紬や小紋ではなく、振袖、礼装のものを主に販売しているようです。最近の振袖は大柄で赤と黒といった大胆なものが人気らしいです。私が買ってもらった辻が花の手の込んだタイプのものは、昨年一枚だけ入荷して、試着した背の高いお嬢さんにとても似合っていたが、御本人が大人っぽすぎるといって購入されなかったと聞きました。最近の消費者のトレンドに合わせているので、呉服店が本当に売りたいものと私の好みのものは、店頭には並んでいないのです。

振袖の次の一枚をどうしたらいいのかわかりません。呉服店からは、

「そろそろお嬢さんに訪問着はいかがですか」

と実家に連絡があったようなのですが、訪問着がいったいどんな位置づけにあ

るものなのかもわからなかったです。自分が選んで新たに一式揃えるとなると、どこから手をつけていいのか、イメージすらわかない状態です。

一式を揃えてもらって、自分で小物を替えたりするのはできるかもしれませんが、これから先、礼装用としては、あと五年は新しい帯を締めて小物を替えて、振袖を着ると思います。

…………………………

昔は多くの家には呉服店が出入りしていましたが、今はそんなことも少なくなりました。Uさんのお宅は今では珍しく、昔ながらの呉服店とのお付き合いをされているようですね。呉服店は他人様《ひとさま》の家の中に入り、畳の上で仕事をするので、絶対に信用を失するようなことはしてはいけないといわれていたそうです。家の中の事情を話すのはもってのほかで、もちろん持っている着物などについても口外するのは厳禁でした。信頼される人でなければ、できない仕事だったのです。でも世知辛い世の中になって、のんきにお茶を飲みながら世間話をするわけにもいかなくなり、それができるご実家はすばらしいと思いました。

お世話になっている呉服店は、もちろん箪笥《たんす》の中身を把握しているので、Uさんが振袖の後、これから必要になりそうなものを考えてくださっているのでしょうが、今の生活の優先順位では着物は上のほうにはないので、それはなかなか難しいですよね。

振袖には期限がありますが、訪問着はいってしまえばいつでも買えるので、ご自身の生活で必要なものから購入され、状況が整ってから購入されるのがよいと思います。振袖の小物を替えて、三十代からまたしばらく着るのはとてもよい考え方だと思います。今の方はみな若くみえるので、三十代の半ばまで振袖を着ても問題ないと思います。結婚式などでは地味にするよりは、華やかなほうがよいので、周囲の方もとても喜ばれると思います。これだけ着てもらえたら、振袖も喜びますね。

……………………………………………

レンタルで着たら楽しかった――Vさん　四十代・既婚

自分の着物は二枚持っています。母から譲られた花柄の小紋と帯一式と、義母から譲られたピンク色の色無地です。

祖母が和裁、和刺繡の先生をしていたので、お弟子さんが二十人ほどいました。七五三などの折々の着物は祖母が仕立ててくれていたようですが、記憶には残っていません。祖母は着物が日常着で、亡くなったときに、今から思えばなかにはいいものもあったと思うのですが、母は二枚くらいしか引き取らなかったようです。基本的に母は合理的な考えの人で、着る回数が少ない振袖にお金をかけるよりも、いいスーツを二、三着作ったほうがいいという人でした。祖母は私のために成人式に振袖を縫ってくれるといっていたのですが、収納に場所も取るし、母が拒否したのではないかと思います。成人式は中学から私立だったこともあり、特に目新しくもないので行きませんでした。

七五三のときの着物は私の記憶にはないですが、写真が残っています。着物を着た写真が残っていて、自分も覚えているのは、中学の茶道部のとき、文化祭のお茶会のときのものです。反物を買いに呉服店に行った記憶がないので、祖母のものだったのではないでしょうか。紺地に大きな椿の柄が飛んでいるウールでした。卒業式のときは誂《あつら》えたスーツを着ました。

就職してからもしばらくは実家から通っていました。お茶は続けていたので初《はつ》釜《がま》もあるのですが、着物や帯を母に選んでもらって着ていました。誂えてもいないのに家に着物があって、必要なときには桐簞笥から出てきました。きっと祖母が縫っておいてくれたのだと思います。実家を建て替えたあとに行ったら、その簞笥はなくなっていましたから、処分したのでしょう。

母は着物に興味がなく、私の結婚式のときですら着物を着ませんでした。お茶席にふさわしい着物の知識はありましたが、彼女も誂えた経験はないので、祖母が亡くなり、簞笥もなくなってからは、着物に関する知識の断絶が起きてしまいました。結婚式に招待されて、友だちが振袖を着ているのを見ると、華やかだなと思っていました。ゴージャス感がまったく違っていましたね。

　お茶席の着物は道具のようなものなので、それ以外に着物を着たのは、我が子の七五三のときが久しぶりでした。レンタルにしたので、構えずに着ればいいと思い、いろいろと見せてもらいました。子供の頃から親にはピンク色が似合わないといわれて、洋服もベージュ、紺といった色合いのものを着せられていました。フリルのような過剰な装飾があるものは趣味が悪いともいっていました。

　我が子の着物が黄色と朱色だったので、それに合わせて鮮やかな色目のものを選び、黄色と辛子色が混ざったような訪問着にしました。銀色や茶色も試着してみたのですが、地味でおばあさんぽかったのです。小物も含めたレンタル一式と着付けをしてもらって三万円くらいでした。髪の毛もアップにしてもらい、とても気持ちが上がりました。結婚式に洋服で参列するのとはまったく違う高揚感がありました。せっかく着せてもらったのですぐに帰りたくないくらいで、お祝いの食事は終わったのに、夕方になって夫と、

「これから飲みにいく？」

　などと相談したりして、本当に楽しかったです。娘は神妙な顔で着ていましたが、上の息子のときは神社で写真を撮影し終えたら、すぐ脱いでしまいました。

レンタルは手軽でよかったです。用途を説明しておくと、小物を含めて何点もの候補を揃えておいてくれますし、着付けもしてくれます。おまけに家で手入れをしたり収納したりしなくていいのが助かります。誂えについてはまとまったお金が必要ですし、これまで必要なときに実家に連絡をすると、何かしらがひと揃い送られてきたので、それに慣れてしまったこともあります。着付けも自分でできないので、どうしても出費がかさみますね。それに東京の住宅事情で、大きな桐箪笥を家に置くのは不可能なんです。小物も含めて自分でＴＰＯに合わせたものを選ぶことができないし、頻繁に着るわけではないので。レンタルだとわずらわしいことがないし、気分が変えられるので、それがとてもうれしいです。もしかしたらこれから母の持っている着物を着るときもあるかもしれませんが。リサイクル、アンティークの着物に関しては、洋服は抵抗があるのですが、着物には抵抗感はありません。

………………………………………………………………………………

Ｖさんだけではなく、現在、着物を着る機会がほとんどなく、買う予定もなく、何かあったときにはレンタルで済ませたいと考えている方のなかで、お茶を習っていたという方が意外に多いのです。私の知り合いのなかにもいて、着物にまったく興味がないのかと思っていたら、お茶を習っているときには、週に一度は着ていた、自分でも着付けを習ったといっていて驚かされました。着物を何度も着ていることと、自発的に着物を着たいということとは別問題なのだとわかりました。

親御さんの、何かあったときに、娘には茶道のたしなみがあったほうがいいという考えが反映されたのかもしれません。茶道に着物は必須《ひっす》ですし、先生によっては自分の好きな柄の着物ばかり着られるわけではないので、お稽古《けいこ》のためだけのユニフォームのような感覚だったのかもしれません。

それでもお話ししているうちに、いろいろと思い出してくださったのは、うれしかったです。ふだんは忘れていても、記憶のどこかに残っているのですね。お子さんの七五三のときに、着物を着て写真を撮ろうと思ってくださったのも、お召しになってとても気分が上がったとうかがって、私もうれしかったです。拝見した画像もとても素敵でした。小さなお子さんがいたり、仕事が忙しかったりで、着物に関するあれやこれやの後始末が面倒くさい場合は、レンタルを利用するのもいいかもしれませんね。

着付けは自分でできるようになった ―― Wさん　三十代前半・未婚

……

着物は自分のものは五枚くらいあります。私の母は双子なのですが、二人でお茶を習っていたので、母の実家である祖母の家に、着物が二、三十枚ほどありました。二人で同じ場所にお稽古に行くので、同じものを着るわけにもいかず、数が増えてしまったのです。社会人になった頃、祖母から、

「家を片づけたいので、自力で着付けができるようになった者から、好きな着物を持っていくように」

と親戚中《しんせきじゅう》にお達しがあって、あわてて二年ほど着付けを習いました。当時は実家にいたので、母の知り合いの着付けの先生に家に来ていただいて教えてもらっていました。名古屋帯《なごやおび》は「教材用帯枕」という器具を使って、締められるようになりました。先生が、

「最初から自力で締めようと思ったら、絶対に諦《あきら》めてしまうから、簡単だからこれを買ったほうがいい」

と薦められました。当初は手順を覚えるのが大変で、いわれるがまま手を動かしているような状態で、どこを留めるときちんと着られるかはわかりませんでした。こんな状態なので着崩れても、

「なぜ私は着崩れるのか？」

がわからず、自分で解決できませんでした。何度も繰り返して練習しているうちに、コツがわかってきました。教えていただいた回数はひと月に一回でした。

十か月くらい、つまり十回くらいで、それまで不安定だった、着丈もちゃんと決まるようになりました。先生が次にいらっしゃるまでの間、予習、復習はしていました。深夜におもむろに名古屋帯の結び方を練習したりして。その結果、名古屋帯も締められるようになったのがとてもうれしかったです。あまりにうれしかったので、友だちを誘って、着物で鎌倉《かまくら》に遊びに行きました。友だちも、

「えーっ、着物?」

というような人はおらず、

「ああ、いいわね」

といって一緒に遊べるので、その点では恵まれているし楽しいなと思います。

目の前に祖母の着物が待っているので、がんばりました。でも私は体力がないので、袋帯は結べないんじゃないかって思っていますし、練習もしていないです。

お出かけの予定が決まると何度も練習していました。母と叔母《おば》の着物をもらい受ける従姉《いとこ》が、飲食店で働いていて、いつも着物を着る仕事なので、急いで着られるようにならないと、彼女にどんどんもらわれていってしまうという気持ちもありました。彼女とは着物の好みは違っているんですけれどね。

現在はひとり暮らしなのですが、手元には着物二枚、浴衣一枚。実家には私が自分で着られるポリエステルの着物二枚を含めた五枚の着物と、母から譲られた

振袖が置いてあります。この振袖は大きな御所車の柄で、

「何なの？　この柄。ちょっと変」

と思い、成人式にこんな柄を着るのがいやで、赤地の振袖をレンタルしました。

母が習っていたお茶の先生は、金沢《かなざわ》の厳しい流派の方で、お弟子さんたちは先生が懇意にしている呉服店で、色無地を誂えるのを推奨されていました。品質のよいものを多少、お安く買えていたのではないかとは思いますが、ユニフォーム的でもあり、実家には母の二十代のときに着ていた色合いがかわいらしい色無地がたくさんあって、正直、みんなで、

「こんなに色無地があってもねえ」

とはいっていました。

自分で買ったものは、いろいろと知り合いの手を経てきた反物です。ダイビングが好きで島に行くことが多かったある先輩が、大島紬《おおしまつむぎ》の職人さんが豪雨で被災し、織元の方から、職人さんが仕事をやめるので手元にある反物を安く引き取ってもらえないかと頼まれたものだそうです。そういわれて先輩が安く引き取ったものを、会社の着物好きの別の先輩が買って持っていたのです。それを見せられて気に入ったので、今度は私が買って仕立てました。龍郷柄《たつごうがら》の大島紬です。母は呉服店との付き合いがないので、勇気を出して仕立ててもらったのです。それま

で友人が持っていた誂えた着物や、浴衣を触らせてもらったときに、

「プレタの着物とは違う！」

と感じて、自分でも誂えたいという気持ちはずっと持っていました。その後は龍郷柄の着物を仕立ててもらった、銀座《ぎんざ》の呉服店で浴衣と半幅帯を誂えました。

子供の頃に着物を着た記憶はありません。ちょうど七五三の年齢のときは、シンガポールに住んでいたので、ワンピースで写真を撮りました。成人式は母の御所車の振袖がいやでレンタルにしましたし、卒業式のときは袴をレンタルしていたのですが、ちょうど東日本大震災が起こって、式自体が流れてしまったので、着ることができませんでした。

結婚式に招かれると、私が着物を持っているのを知っている人からは、

「着物で出席して欲しい」

と頼まれることもあります。式場の場所によって、自分でその場所に合うように、コーディネートを考えます。富士屋ホテルで式があったときは、式場のイメージにふさわしい振袖をレンタルしました。ホテルに一式を届けてくれて、ホテルから返却すればいいので、とても楽でした。嫌だった御所車柄の振袖も、あらためて実家で見たら、

「結構いいじゃない」

と感じるようになり、それを着て出席しました。振袖で出席したことは二回ほどありました。母はお稽古に必要なのでやむをえず着物を着ていましたが、特に好きということでもないと思います。でも母の振袖を私が着たときに、

「振袖を受け継いでくれるのはうれしい」

と喜んでくれたので、よかったです。たしか帯や小物は叔母のものを借りました。祖母のところに電話をすると、必要なものが送られてきて、また着終わったらそれを送り返していました。

今年、三十一歳になったので、これからは色無地で出席しようかなと考えています。母たちが着ていた色無地が薄い色なので、これからまだ染め替えられるなとも思ったり。それに合わせるための帯は、着物の催事で一目惚《ひとめぼ》れして、買ってしまいました。実は草履かバッグを買いに行ったのですが、前々から黒地の袋帯が欲しいと思っていて、好みにぴったりの宝尽くしの柄の帯があったのです。母はぎょっとしていましたが、好きなものに出会ってしまったので、まあ仕方がないなと思って仕立てました。

友だちでリサイクルの着物を買っている人もいます。遊びに行くときに、ごく普通に着ていたり、大正ロマンっぽいものにレースの襟をつけたりして、学生時代から遊びに行くときに、そのような格好で着ていました。それを見て、

「いいなあ、かわいいな」

と思っていました。私が着るのは家族が使っていたものが多いのですが、一度、自分も気軽に好きな柄を買ってみたい気はしています。どちらかというと実家にあるのは古典的な柄が多いので、大胆な柄も欲しいです。お洋服では、譲ったり世代をまたいで受け継いだりということは考えづらいので、代々、受け継いでいけるところが着物のいいところだと思います。三十年前の柄でもとてもかわいいです。雨コート、道行きなどは母のものを着ています。

結婚式に呼ばれたときだけではなく、友だちに浴衣を持っていて、着物好きな人が多いので、花火大会に行ったり、目黒雅叙園に行ったり、イベントがあるとみんなで着ていっています。歌舞伎好きの友だちと歌舞伎座に行くときは、母が着ないままだった、京紅型《きょうびんがた》の小紋を着ていっています。帝国劇場に行くのと、歌舞伎座に行くときでは、歌舞伎座のほうがおばさまたちの視線が厳しいような気がするので、着物警察のチェックを受けないように、手抜かりがないように、場所に応じて着付けてもらうこともあります。京紅型の小紋を着た写真を祖母に見せたら、

「あの子は着てくれなかったのよ。でもあなたが着てくれてよかったわ」

と喜んでくれました。

これからも着たいとは思うのですが、悩みは部屋のスペースがないので、実家や祖母の家にある着物を持ってこられないことです。私は洋服もとても好きで大量に持っているので、もう物理的に置けない状況なのです。着物ハンガーをかける場所もない。着物を着たいと思ったときに、必要なものを実家に取りに行ったり、メンテナンスのために持って帰ったりするのが億劫《おっくう》になります。私が着られる訪問着が、あと二枚くらいはあるはずなのですが。

ヘアスタイルにも困ります。どういうスタイルがいいのだろうか、きちんとアップにするのは大変だし、かといってダウンスタイルにするわけにもいかないし。

「着物を着るのだから、きちんとしなければ」

と思うと、ヘアスタイルを整えるだけでも一仕事。それが終わって次に着付け……と思うと気が重くなります。昔はボブだったので、問題なかったのですが、肩より長く伸ばすと、着物のときの扱いに困りますね。

といっても、もっと気軽に着られるようになりたいです。一緒に着てくれる友だちが多いのは、とても幸せです。着物を着ている状態は好きなので、高知に十二単《じゅうにひとえ》を着る体験をしに行ったこともあるんですよ。うれしかったけれどとても重かったです。着物が好きな友だちが自分で着物を着ることに目覚めてくれたら、食事会とかカフェに気軽に行くとか、もっと頻繁にできるので、そういうふうに……なったらいいなと思っています。

一緒に着物を楽しめるお友だちが何人かいて、それがいいですね。着物を着たくても、一人で着る勇気がないという人も多いようで、お仲間がいるとよりテンションが上がりますし、情報交換もできるので、よかったなあと思いました。

御祖母様《おばあさま》も、ただ着物を譲るというのではなく、

「着付けができるようになった人にあげる」

とおっしゃったのが素晴らしい。いくら手元にあっても着ないままでは、ただ在庫が移動しただけですから。きちんと着付けを習われ、予習復習をちゃんとなさって身につけられたのは立派だなと感心しました。袷《あわせ》の着物に名古屋帯さえ結べれば、外出したいと考えるほとんどの場所はカバーできます。帯結びを途中で諦めると困るからと、器具を薦めてくださった着付けの先生も合理的な考え方と思いました。

ご実家にある着物を着ていく場所に合わせて選び、また手元にない場合は、レンタルを利用するなど、シチュエーションによって、上手に着る着物を選んでいらっしゃいますね。Uさんとほぼ同い年ですが、彼女が三十代半ばまでは振袖をお召しになるといっている一方、Wさんは振袖卒業なのですね。どちらが正しいというわけではなく、その方それぞれの考え方でいいのです。

洋服も大量にあり、そこに着物も、となるとスペース的に大変なのは、とてもよくわかります。日常的には洋服が主なので、処分するのも難しい。それでも着物が着たいと思ってくださるのはうれしいです。すでにお使いかもしれませんが、無印良品などでも売っている、ドアにひっかけるフックがあると、ドアがあれば一時的にでも着物ハンガーをかける場所が確保できるので、よろしかったらお試しください。

その際、ドアの厚みをご確認ください。

いただいた着物が大量にある――Xさん　四十代後半

着物には昔から理由もなく惹《ひ》かれていました。ロングドレス、サリーなど、裾《すそ》まである服装がとても好きなので、それで着物も好きなのだと思います。ただしウエディングドレスと振袖にはまったく興味がないのですが。

はっきりとした記憶はなく、七五三の七歳のときだったかもしれませんが、矢《や》絣《がすり》の着物と羽織を着ました。動くのに不自由で着心地も気に入らず、ぶすっとした写真ばかりが残っていて、家に帰るとすぐに脱いでしまいました。でも柄はとても気に入っていたのです。今から思えば、母方の祖母か、叔母の手縫いで、ウールでした。はっきりとした矢絣ではなくざっくりとした感じで朱色の地のものでした。姉は藍色の地に赤、水色の井桁絣《いげたがすり》で、それよりははるかにいいと、子供なりに思っていました。父方の祖母が、リカちゃん人形用に鼠色の縮緬《ちりめん》の生地で、着物っぽいものを縫ってくれました。しかし私はその祖母が嫌いだったので、その着物風のものをずいぶん雑に扱っていました。子供の頃は浴衣のときに締める、ふわふわした極彩色の兵児帯《へこおび》が好きでした。

高校の文化祭で和風喫茶をやったとき、母の白地に向日葵《ひまわり》模様の浴衣を着ました。みんなに似合うといわれてうれしかったのですが、身八つ口から下着が見えたのを男子にからかわれたのが、とてもいやでした。

子供の頃から家族で銀座に遊びに行っていて、今はなくなってしまいましたが、一流店といわれていた「きしや」の店構えを見て、将来、こういう呉服店で着物を仕立てたいなあと憧れていました。最初にその「きしや」で誂えたのは浴衣でした。二十歳のときにごく一般的な綿コーマの藍地のあじさいの柄でした。決定権は母にありましたが、このとき買ってもらった浴衣は気に入っています。母からすれば着物ではなくて浴衣だったので、それほど気負わずに買えるものだったのでしょう。大学生のときのイベントで、祖母の泥藍の大島と草木染の半幅帯を締めました。成人式のときに、親は振袖を買う話をしてくれたのですが、興味がないので車を買ってもらい、洋服で出席しました。でも振袖姿で出席している人たちを見て、ちょっと寂しい気持ちにはなった記憶があります。

大学の卒業式のときには、やっぱり着物が着たいと思い、銀座のビルのなかにある呉服店に母と一緒に行きました。ちょうど祖父の遺産が入り、母にはじめて自由になるお金ができて、買ってくれることになったのです。私はまだ値段の感覚がよくわからず、振袖は訪問着の十倍くらいの値段かなと考えていて、それならば訪問着を二、三枚、誂えたほうがいいと思っていました。母は祖母から何枚も着物を誂えてもらっていたのに、自分ではどこで着物を買っていいのかわからず、とりあえず銀座に行ったのかもしれません。

「成人式に振袖を着なかったので、ごく普通に着られる着物が欲しい」

とそれだけは主張し、その点は叶《かな》ったのですが、そのときに買ってもらった、シックなピンク色で小さな花籠《はなかご》が飛んでいる着物は全然、気に入ってないんです。いわゆる普通の何でもない着物で、色も中途半端な感じで。母の選択に文句をいえなかったのは、お金を出してくれるのは母だし、彼女が私に対してよかれと思って決めてくれたことに、それ以上、あれこれいうのは憚《はばか》られたのです。当時は従順だったのですね。

学生のときには、今の若い人みたいにファッションで自分を表現することはできませんでした。ユニクロなどもなかったし。洋服も十八歳くらいまで、親がかりだったのです。正直、着物は買ってもらっても、不完全燃焼でわだかまりが残って、着物の本を読んだり、銀座や青山《あおやま》にある呉服店をのぞいたりして、自分はどんな着物や帯が好きなのかを確認していました。

就職してから、仕事相手の方と金沢に出張に行きました。お話ししていたら、その女性も着物が好きとわかり、二人で、

「せっかく金沢にいるんだから、着物を誂えよう」

と急に盛り上がってしまい、泊まっていた料亭旅館の女将《おかみ》さんに紹介してもらった、地元の呉服店に行きました。一緒に行った女性は大正ロマン風の大胆な柄の素敵な着物を買っていましたが、私が気に入ったのは亀の柄の江戸小紋《えどこもん》でした。金沢まで行って、江戸小紋かと自分でも思いましたが、気に入ったので襦袢も一緒に誂えました。戻ってきてからも、着物の話ができるその方と、着物の話ばかりしていました。銀座の呉服店に二人で通い、五十代、六十代の年配の女性の店員さんに、まったく好みではないものばかりを薦められて困りました。そんななかで、卒業式のときの着物を誂えた店で、白大島を買いました。この蚊絣の白大島は今でもいちばん気に入っていて、店の人には、

「これは男性用だから女性が着るのはおかしい」

といわれましたが、それを押し切って買ったものです。また別の銀座にある店で単衣《ひとえ》の赤城紬《あかぎつむぎ》を買いました。浴衣も欲しくなって、デパートで桔梗柄《ききょうがら》、赤城紬を買った店で蝶《ちょう》の柄、一度入ってみたいと思っていた「志ま亀」で竺仙《ちくせん》の浴衣を扱っていたので、縞《しま》の綿コーマのものを買いました。着物の話ができるそういった方がいたからこそで、自分一人では踏み出せなかったと思います。下駄《げた》は神楽坂《かぐらざか》の「助六」、草履は「ぜん屋」のものを購入しました。助六のものは幅が広めで安定感があり、ぜん屋のものは細身で正統派なのです。

まだまだ着物に関しては知識もなかったので、江戸小紋に合わせて買った襦袢が、一般的に仕立てられる対丈《ついたけ》ではなくお端折《はしょ》りをして着るタイプのものになっていました。これが着物初心者にはとっても着づらい。そしてその江戸小紋も着にくいのです。着物をよく着る方たちは、襦袢の裾がすり切れるので、丈を直しやすいように長く仕立てるらしいのですが、私には扱いにくかったです。

その後、素敵だなと思っていた「志ま亀」で訪問着と付下を誂え、同僚の結婚式の披露宴やパーティなどに着ていきました。これはプロに着付けてもらいました。他の店ではぜんまい織の紬も買いました。この頃はまだ決まった呉服店はなく、見て気に入ると買っていた状態でした。着物を着て出かけると、相手の方が喜んでくださるし褒められるし、自分のテンションも上がるので、着物を着ると気持ちがいいとつくづく思いました。

しかし、

「いちいち着付けてもらうのはお金も時間もかかる。これはぜひ自分で着られるようにならなくては」

と「買う」から「着る」へ気合いが入りました。洋服と同じように気楽に着たいのに、着るとなると、一大イベントになってしまっていたからです。最初は近所の呉服店で開いていた着付け教室に行ってみたのですが、先生は八十歳くらいの女性で、すべて、

「ここは、こうするの」

と示すだけで、こちらがたずねても説明してもらえませんでした。もちろん体感ではわかっていらしても、それを言葉で説明していただけないので、初心者には理解するのが難しかったです。下着について聞いても、

「それは人それぞれですから」

などといわれて。

(そのそれぞれの中身が知りたいんだよ)

と思っていたので、ここに通っても無駄だとすぐにやめてしまいました。

せっかく自分の気に入った着物を誂えたのに、着物と帯の絶対量が少なくて、

コーディネートが難しい状態でした。小物にはお金をかけないように、手元にあるものを使おうとしたのですが、やはり年月が経ったものだし、着たい着物に合わせたものではないので、どうやってもぴんとこなくて、これでは着られないと、かえって着物から遠ざかってしまいました。ただ、着物を着るのは年に二回くらいでも浴衣はかなりの回数を着ていました。

その後、ある会で知り合った、呉服店にお勤めなさっていた八十代の方が、手がまわらなくなって着物を着られなくなったので、徐々に着物を手放すとおっしゃって、着物が好きだといった私のところに、どっと夏物が送られてきました。その女性は縦にも横にも大きな方なので、私にはすべて大きかったです。仕立て直しをしないと着るのが難しいので、いただいたものはそのまま置いてありました。

しばらく着物に対する熱がちょっと冷めていました。しかし別の知り合いの方がお召しにならないというので、しつけがついたままの、横段の柄の宮古上布《みやこじょうふ》*16を譲っていただきました。とても素敵だったのですが、少しサイズが合わなかったので、畳紙《たとうがみ》に名前が入っていたデパートに仕立て直しに持っていきました。着るにも帯がないので、着物の勉強をしていて染織の知識がある友だちと一緒に、その着物に合う帯を探すために、銀座中の呉服店を見て、気に入ったものが見つかって、生紬《なまつむぎ》*17の帯を買いました。友だちが一緒にいてくれたので、安心できたし心強かったです。

着付けはYouTubeで動画を見ながら練習していました。動画では教えてくれる人の着る姿を見ているわけですが、見ているととても簡単そうに見えるのに、いざ自分が着るとなると、

「あれっ？」

となってしまう。教えてもらうのだったら、向かい合った状態よりも、並んだほうがずっとわかりやすいですよね。そのあたりの頭の切り換えに慣れなかったです。最初は丈が短くなってしまったり、衿がうまく抜けなかったり、うまくいきませんでした。それでもがんばって宮古上布《みやこじょうふ》に生紬の帯を締めて、首里城《しゅりじょう》の前で、プロはだしの写真が趣味の方に記念写真を撮っていただきました。

その後も八十代の方から、不要になった着物が届いていました。またしばらくして、別の六十代の古美術商の奥様からも、着物が箪笥に三棹《さお》あるので、整理したいということで、着物と帯を大量に譲っていただきました。でもこの方は私よりもずっと小柄なのです。こういうことをいっては申し訳ないのですが、こちらの箱のものは胴回りがゆったりしすぎているし、裄《ゆき》も三センチ以上長い。またこちらの箱のものは身巾《みはば》が狭くて裄が短いなど、枚数は大量になるのに、自分に合

ったサイズが一枚もないのです……。収納する場所も必要なので、どうしようかと悩んでいるところです。

くださったお二人は趣味人なので、どれも凝ったものばかりで、今では見かけない素敵なものばかりなのですが、なかにはしみや汚れ、穴が空いているものもあります。どこか相談できる呉服店を探さなくてはと考えていましたが、宮古上布の仕立て直しをしてもらったデパートに、またお願いしてみました。そのころ銀座の呉服店をのぞいて、気に入ったお店がみつかったので、以降、ほとんどの着物や帯はそこで誂えるようになりました。鹿児島で仕事があり、手元にある白大島を着たいと思い、それに締める帯がないので、合う帯を探しに懇意にしている店に行きました。そのときTさん（前出）が、社会見学のためにと一緒に来てくれたのです。

デパートには、手はじめに色無地の染め直しをお願いしたのですが、結果的に染め上がりの色が違って、うまくいかなかったのです。そのときの担当の年配男性の、

「まあ、こんなこともありますよね。これでも平気」

的ないい訳に不信感を持ちました。また着物と帯の合わせ方や手入れの方法を相談したいのに、明確な答えが返ってこない。初心者は知らないことばかりなの

で、呉服店には相談にのってもらいたいし、自分の好みをお店側にわかって欲しかったのですけれど。そのデパートは見限って、手入れをしていただくのも、懇意にしている呉服店に統一しました。

着付けの練習はかなりやりましたが、一度、横浜《よこはま》のルミネを歩いていたら、名古屋帯のお太鼓が、ずるっとほどけてしまいました。誰も周囲に助けてくれる人がおらず、あわててトイレにかけこんで、四十分以上かけて、半泣きになって直しました。つるつるした素材の帯はとても危ないです。今はそういうこともなくなり、着て出かけると着付けを褒めていただけるようになりましたが、まだまだ及第点と思えたことはないです。自分が考えている理想型とは違うのです。気になるのは、

*胸がだぶつく。
*脇の部分が出てくる。
*帯揚げがごろごろする。
*補整をしても帯揚げの上に横皺《よこじわ》が入る。
*胸元に皺が寄る。
*裄が短いのはどこまで許容されるのか。

＊お太鼓の大きさが「大きすぎる」という人と「小さすぎる」という人がいて、どちらの指摘が正しいのか悩む。
＊四月には暑ければ単衣でいいというけれど、襦袢は何を着ればいいのか。そして草履はどういうものを履けばいいのか。
着付けの部分はひとつひとつクリアしているのですが、細かい部分の収まりが悪いのが、とても嫌です。またそれ以外の点では、
＊しまってあるものが、しみ、皺、汚れでだめになるのではないかと不安。
＊洗いなど、手入れの値段がばかにならない。
＊それに関する相談、受け取り、受け渡しの手間など、メンテナンスすべきものがあると考えるだけで、どっと疲れる。
＊畳紙から出しても、同じ畳紙に戻せない。何が入っているかを書いているのに、なぜか同じところに戻せない。
＊仕事が長時間勤務になりがちなので、家にいる時間が短く、わかりやすく収納をシステム化しようとしても難しい。なので管理できないまま放置してしまう。

これらの問題を少しずつ解決していかなくてはと思っていますが、月日が経つのが早くて本当に困ります。

私の着物は自分で誂えた着物が七枚、浴衣が五枚です。あとはすべていただきものです。着物を着る第一歩として、アンティーク、リサイクル着物を選ぶ場合もあるかもしれませんが、私の場合は着物はあるので、主に必要なのは帯なのですが、どう選んでいいのかわからないのです。一点物であっても、

「そんなに高いの？」

と疑ってしまうし、逆に安いと、

「締めたときに変じゃないの」

などと思ってしまいます。買える値段であっても、一本を決めるのが難しい。

着物は買っても、どちらにせよ仕立て直しになるので買いません。

相変わらず八十代と六十代の方々から、季節ごとにどっと大量に着物や帯が届くので、まとめて整理しようとすると、倒れてしまいそう。ああ、やっと更衣《ころもがえ》が終わったと思ったとたんに、次の季節がやってくるといった状況です。それで通販でキャスター付きの桐箪笥を買ったのですが、とにかく量が多いので、それに詰めこんでいたら、重みで引き出しの前面が取れてしまったり、開かなくなった

り大変な状態になっています。

着物を着ていて嫌なところは、袂《たもと》でしょうか。それが着物の美しい部分なのですが、家にいるときにドアノブなどあちこちにひっかかったりして。着物は昔の形のままなのに、生活環境が変わってきているので、不具合が起こりやすいのです。床もきれいにしておかないといけませんしね。

会社に着物を着ていき、かっぽう着を着て仕事をすることもありますが、何の問題もありませんでした。着物は絹に包まれるよさを満喫できますし、着ていると周囲の人たちがとても優しくしてくれます。これはとてもうれしいことです。

たまにすっとこどっこいの中年男に、

「ひゅうっ！」

とからかわれたりする出来事もあったりするのですが。着物を着ることによって、たとえば和のお稽古をしたり、お寺などの見方が変わったり、自分の意外な好みがわかったりとか、そういう部分があるのもいいと思います。私はレンタルで楽しいと思ったら、誂えはもっと楽しいよといいたいです。大げさにいえば自分の美意識を鍛える側面もあると思います。ここ何年かで松原利男《まつばらとしお》の鯉の柄の浴衣、松原伸生《のぶお》の蕗《ふき》の柄の浴衣、浦野理一《うらのりいち》の帯をアンティークショップで購入しました。名前をはじめて知った「あけずば織」の帯も買ってしまい、相変わらず、

「ああ、また買ってしまった」

の日々は続いています。

つい先日、十数年前に誂えた銀座の呉服店「志ま亀」の訪問着を着てある会に出かけたら、同じ「志ま亀」の着物を着ている方がいらして、

「志ま亀シスターズ」

といって一緒に写真を撮りました。このときの着付けは自分でもとてもうまくできました。生地が違うのでしょうか、とても着付けやすかったのです。

最近は実家の母が高齢になったので、週末に実家の整理をしています。休みの日はこれで時間を取られるので、ますます着物の整理が滞るというわけなのです。までも箪笥の中から男物の紬やウールを発掘し、仕立て直しをして着ています。まだまだ使えそうな小物類も発掘したので、小物を買う前に実家の箪笥を探してみるのもいいかもしれないですね。先日もそんなウールを着て外出したら、着物にお詳しい知り合いの年長の男性に褒めていただきました。着る着物がないといっている人でも、意外に手直しすれば着られる着物が、実家に埋もれているかもしれません。

着物を買うようになった効用のひとつに、無駄な洋服や靴、バッグを買わなくなったということがあります。靴はもうヒールは履きませんし、洋服は絞ってい

ます。バッグや羽織物なども、和洋兼用で使えるものをと考えるようになりました。大枚をはたいているようで、実は買い物が整理されてきたような気もしています。

………………

裾まである服が好きというのが面白いですね。私もサリーはとても好きで、着た経験はないのですが、着方を調べたことはあります。一枚の布を体に巻き付けて、手測りでいくつかタックを取って挟み込んだりするのを見て、着物と近いなと思いました。ただ着物を着るより、難しそうでしたし、八十種類以上の着方があると知って驚きました。海外の人が帯結びが多種多様なのを知って、驚くのと同じようなものかもしれません。

着付けのご不満の点ですが、私がXさんの着物姿を見て、変だと感じたことはありません。もちろん着はじめた頃は、丈の調節がうまくいかなかったのかなと感じたことはありましたが、今はまったく問題ないです。しかしご自身ではまだ及第点ではないのですよね。あまり気にしすぎないことも必要かと思います。

胸や脇がだぶつくのは、もしかしたら着るときに手を大きく伸ばしたり、広げたりしているからではないでしょうか。そうするといくら襦袢や着物を伊達締《だてじ》めなどで固定していても、引っ張られて余分な部分がたまってしまうのかなと思います。私はよほどでない限り、多少の皺は、平面で立体を包んでいるので、当たり前と思っていますが、着るときにあまりひじを体から離さないようにして着てみたらいかがでしょうか。

帯揚げはきれいに始末するのが面倒ですよね。私はほとんど帯揚げを見せないほうが好きなのですが、「帯揚げの色が正面から見えていないと、している意味がない」といわれたことがあります。帯の印象でちょっと胸元がさびしい感じがしたときは、明るい色や柄のもので、多めに出したりすることはたまにありますが。

なるべく帯揚げの幅をたたむのに面倒ではないように、私は最初から帯揚げを幅の二つ折りにして、帯枕にゴムで留めています。そうするとすでに二つ折りになっているので、それを二分の一、あるいは三分の一にたたむのが楽なのです。私は三つ折りにするのですが、脇の部分がたるまないように、しごきながらぎゅっと一度前に引っ張ってたるみをとり、六分の一の幅がずれないように右側、左側を小さなクリップで留めて固定して、それから結ぶこともあります。なるべく胸まわりはフラットな感じに、結び目はややふっくらがいい感じなのではないでしょうか。

ごろごろするのは帯枕の紐が上にあるからかもしれません。紐は前だけではなく脇のほうからぐっと下に押し込みます。帯の下から手を入れて枕についている紐が持てるくらいまで落としたほうが楽です。

私は背の高い人、手の長い人が、めいっぱい裄を出しても足りず、やや裄が短めの着物を、ちょっと手をひっこめるようにして着ている仕草が大好きなので、あまり気になりません。織りの着物や浴衣だったら、五センチくらいなら許容範囲のような気が……。長すぎるよりは短いほうが見た感じはいいです。これは紬の場合で私の感想ですが。しかし柔らかもの[*18]だとちょっと厳しいかもしれないので、できるだけ直して着るか、広衿の場合は後ろのスナップをはずして、表から見える衿の部分を広くすると、二センチくらいは裄にゆとりが出ると思います。下にセーターやTシャツを着たりするような着方であれば、裄が七、八センチ短くても問題はなさそうです。

お太鼓の大きさは、他人の判断ではなく、ご自分のバランスで決めたほうがいいと思います。きっと「大きい」「小さい」と、いろいろという人たちは、自分だったらこうするという、ご自身の好みをいっているだけなのでしょうから、気にしなくてもいいと思います。体形は一人一人違いますし、帯の柄も違うので、着る人にとってのベストを見つければいいのではないかと。お太鼓がもうちょっと小さいほうがいいのではと他の人が思っても、

「自分はこの帯は柄をたっぷり見せたいので、大きめに結ぶ」

というのも選択のひとつですし。自分の後ろ姿をよく見て、自分なりにバランスが取れていれば、あれこれいわれても気にならなくなるのではないでしょうか。といっ

ても小さく結ぼうとして大きくなってしまったり、その逆だったり、私もそうですが、帯もいつも気に入ったように結べるわけではないので、「大きい」「小さい」といわれたら、

「私もそういうふうに結ぼうと思ったんですけど、失敗しちゃったんですよね」

といって相手を黙らせるのも手かもしれません。親切な方なら直して下さるかも。

四月に単衣を着るとき、私は麻負けするので着られないのですが、平織りの着物を着る方がいます。袷の襦袢よりも単衣の襦袢のほうが袖がはるかに軽くて楽なのですが、とても暑いときは、「爽竹《そうたけ》」の竪絽《たてろ》*19の長襦袢を着ています。横絽だと夏物っぽいので竪絽にしたのですが、温暖化で暑いのはみんなわかっているので、礼装でなければ夏物の襦袢でも、もういいんじゃないかなと思います。

草履はごく普通のエナメルか、カレンブロッソで対応できるのでは。ぼてっとしたいかにも厚みのある鼻緒でなければ大丈夫だと思いますが。どんなに暑くても、やはりパナマは盛夏用なので、七、八月以外は履かないほうがいいです。フォーマルの場合は、表に見えない部分で温度調節をしたほうがいいと思います。夏の暑いときには、足袋《たび》の裏が麻になっている、福助足袋の麻裏タイプを履きますが、これは普通のキャラコの足袋のように見えるのに、ちょっとだけ涼しいです。

あまりに上半身に皺が寄ったりして、余っているようでしたら、着物のサイズが合

っていないのかもしれません。「マイサイズのみつけ方　女物長着編」という小冊子があり、これはとても参考になりました。仕立て屋さんをなさっている、一級和裁技能士の彦根由美《ひこねゆみ》さんがお書きになっていて、この仕立て屋さんが小冊子の発行所にもなっています。

きちんとしまっておけば、カビが生えたりすることはないはずですが、最近は多湿の日が多いので、湿気には気をつけたほうがいいと思います。そして大量にいただいたとなると、お直しの費用もかかりますよね。すべてのものを直そうとせずに、次の季節に着たいもの、一点か二点を選んで、それを直すというのはいかがでしょうか。汚損がひどいものはお金をかけたとしても元には戻らない場合が多いので、着用は諦めたほうがいいかもしれません。

また着物としては着られなくても、コート、羽織、帯に仕立て直せます。そういった繰り回しを考えるのも、着物を着る楽しみのひとつですが、あまりに大量の場合は、好きで着られる範囲内のものだけに絞り、あとは手放すしかないのではないでしょうか。ご自身が管理できる範囲内の枚数にしておかないと、時間がないということですから、これからますます泥沼化しそうなので。

私も同じ畳紙に戻せずに、畳紙に書いてあった品名を消して、何度も書き直したりしていました。桐簞笥は、柔らかものは畳紙に入れていますが、紬、織りの夏物などは二つ折りでそのまま入れています。着物と着物の間に、やや厚手の紙（白ボール紙などで三十四センチ×五十五センチくらいの大きさ）を挟んでおくと、引き出しを開ければ何の着物があるか、一目瞭然《いちもくりょうぜん》です。そこからするっと着物を引き抜けば、畳紙を開けたり閉じたりの手間はいりません。しまうときは取り出したところの紙を一枚抜いて、それをいちばん上にのせ、その上に着た着物を、汗をとばしてから置く。でも頻繁に着ない着物は、和紙の畳紙に入れておいたほうが安心だと思います。

祖母がすべてアレンジしてくれていた——Yさん　四十代

母と祖母が琵琶《びわ》を習っていたので、お稽古や発表会で、二人が着物を着る姿はよく見ていました。といっても我が家は超庶民の家庭でしたので、祖母は若い頃は三人の子供を育てるのに必死で、お金もなく、おまけに祖父は文化、教養にまったく理解のないタイプで、趣味をやる余裕などはまったくなかったそうです。

祖父が定年を迎え、祖母の主婦業が一段落した五十代頃、突然、

「琵琶をやりたい。若い頃からやりたかった」

といって習いはじめました。スタートが遅かったので、芸のほうでは中の上あ

たりで止まっていたようです。いちおう、祖母は理水、母は梢水という水号をいただき、皆伝だの教師免許といったお免状はいただいていたようですが、実際には教室を開くようなレベルではなかったのではないかと思います。母のほうは姑《しゅうとめ》である祖母に付き合って、弟子になったという程度でした。

琵琶の世界はやっている人の数が少ないもので、各支部の演奏会があると、他支部のメンバーを招待し、互いに出演し合って会を成り立たせている文化なのです。祖母がもっとも一生懸命にやっていた時期は、彼女が出演する場だけでも、年に十回以上あったのではないでしょうか。母もそれに付き合って一緒に出演していましたので、二人で着物姿で外出する姿をよく見ていたというわけです。

祖母と母の二人に経済的なゆとりが出てくるにつれ、先生とお弟子さんみんなで、お揃いの琵琶柄の着物を誂えたり、演奏会に着られるような少し華やかな訪問着や色無地などを、地元の呉服店の展示会などに足を運んで、仕立てたりしていたようです。どれも東京のデパートや老舗《しにせ》で売られているような高級品ではありませんが、

「値段の割りにはいいものが見つかった」

と祖母たちはよく盛り上がっていました。女性の孫は私と妹だけでしたので、そういったついでに、私の浴衣や着物、小物類なども買い揃えてもらいました。

祖母は浴衣についても、

「洋服っぽい柄のものは浴衣じゃない」

といっていました。

それで私は中学生くらいから、祖母たちの演奏会場が市立の能楽堂に決まると駆り出され、叔母の成人式の振袖を借り、「琵琶運び」の小遣い稼ぎをしていました。琵琶は桑の木でできていてとても重いので、普通は一曲ごとに舞台の幕を下ろし、舞台袖からスタッフの男性会員がえっちらおっちら運んでいって、次の演者の琵琶と交換します。能楽堂だと幕を下ろせませんので、誰かが舞台上まで琵琶を持って出て、交換して戻ってこなくてはなりません。足腰も使うので、中高生の孫にやらせるのが手っ取り早く、おじさんよりも若い娘が華やかな振袖で登場するほうが、見栄えもいいと思っていたようです。それは年に二回くらいでしたが、出演者の先生方もご祝儀をくださったりしたので、中高生にとっては割りのいいアルバイトでした。

振袖も含め当時着ていた着物に関しては借り物なので、私の好みは度外視です。浴衣は実家で作ってくれていました。

「今度、着る着物はどうしよう」

というと、祖母が叔母たちに電話をかけて、

「あなたのところのあの帯、余ってるでしょ。それを送ってちょうだい」

などといって、それで着物が集まってくるといった状況でした。この頃、着物での立ち居振る舞いや、長時間楽に着ていられるコツが多少なりとも身についたので、大人になっても着物を着ることに、抵抗がなかったのかもしれません。

この間、袷を五、六枚、仕立て直しました。母の色無地や祖母と母からの琵琶の柄の入った着物を受け継ぎました。単衣、絽も誂えてもらいました。三十歳の頃に祖母がお茶席にいつ呼ばれてもいいように、ひととおりあったほうがいいのではということで、揃えてくれました。ピンクっぽい色合いで、ちゃんとしたお茶会にふさわしいものと、お点前《てまえ》で抹茶がついても惜しくない安価なもの、といった値段の差がありました。私がその場にいたわけでもなく、ゴッドマザーの祖母から、

「作っておいたから」

のひとことでした。親戚のおばさまたちからも、帯や着物を一、二枚いただいてそれも仕立て直しました。もらってそのままの寸法で着るという考えはありませんでした。身長が三センチ以上、裄も違います。ただ母と共同で着る着物で、私には小さいものもありました。祖母はすでに亡くなりまして、母は認知症になり、父が母の荷物は全部捨てるといいはじめたので、よいものだけ九、十枚、実

家から避難させて手元に置いてあります。

成人式で誂えてもらった振袖は三十五歳くらいまで、結婚式に出席するたびに、十五回は着たと思います。祖母が着せてくれて、着崩れたときの修正の仕方だけ教えてもらっていました。振袖を着ていくと親御さんがとても喜んでくださるので、これもサービスの一環かなと。祖母の着付けがとても楽だったので、後年、着付けを他の人にお願いするようになったら、

「途中で気分が悪くなるのは何でだろう」

と不思議だったのですが、紐を締めすぎているから辛《つら》いのだとわかるようになりました。お茶も今は忙しくてお休みしています。お稽古をしているときは、年に数回は着る機会がありました。

仕事で、俳句の結社が開催しているパーティなどに行く事情があったので、叔母の着物を洗い張りに出して仕立て直し、それを着て出席したことがあります。ふだんはワンピースで出席していたのですが、特別な会のときは訪問着で行きました。古典柄というよりも、クリーム色の地で大胆な柄行《がらゆ》きのモダンな雰囲気のものでした。着付けは家の近くに、テレビドラマの着付けをしている方の事務所があり、そこでお願いしました。

プライベートで着るような、いわゆるお洒落《しゃれ》着は持っていません。自分で買っ

た着物はないのです。そしてフォーマル、セミフォーマル寄りのものしかない。それを着て会食に行くのは大げさなような気がします。私の感覚ですが、歌舞伎でも訪問着で行くのは野暮ったいかなと……。それは私の感覚での話であって、実際には着物に関する知識がないので着る勇気がありません。

困っているのは着物と帯の組み合わせです。一から自分で選んでいないので、余計にわからない。祖母や母に相談できたときは、なるほどと納得しましたし、着たことがあるものについては、コーディネートがわかるのですが、実家から避難させてきた着物類は、どうしていいのかわからない。

私の年代で着物を着るとなると、やはり身近に相談相手が欲しいです。祖母や母が元気な頃は、呉服店の担当の方がしょっちゅう家に来ていました。基本的には着物の手入れをお願いするような付き合いだったと思います。メンテナンスも祖母と呉服店との間ですべて話がつけられていたので、その枠から離れてしまったら、着物に関して相談する人がいないのです。実家を離れて着物を着る機会があると、

「こういう場所に出席するから、それにふさわしいものを送って。ピンク系の帯揚げってどこかにないかな」

と頼むと、いつもいい感じのものが一式、送られてきていました。そして手元

にないと、叔母に電話をかけて、

「あなたのあれ、若い感じだからもう着ないでしょ。雨コートも余ってるでしょ」

と集めてくれて、送られてきたのです。もう祖母と母には相談ができませんし、私の着物のスタイリストがいなくなってしまいました。

自分ですべてを管理するとなると、途方にくれてしまいます。妹は着物を拒否していますので、長女の私が着るしかないのです。今の住まいの状況では、下にキャスターがついた、箪笥でないと無理ですね。保管とメンテナンスが自分にのしかかってきたプレッシャーが……。もうカオス状態です。マンション住まいにおける、着物の保管とメンテナンスが目下の大きな課題です。着物や帯を買うにしても、自分で買った経験がないので、相場がわからないのです。値段が高いと、ぼったくられているのかもしれないし、逆に安すぎるものを買うと、年齢的に恥ずかしいものを着ているのかもしれないと不安になります。洋服だったら、

「四十代になって、一万円以下のブラウスは似合わなくなったな」

と感じるのですが、着物に関してはまったくわかりません。

織りの着物が好きなのですが、

「織りは庶民が手を出してはいけないもの」

とゴッドマザーからいわれてきたので、その着物の扉を開いてしまったらと思

うと怖いです。いろいろと話をうかがうと、高いワンピースよりもリーズナブルな紬の反物もあるそうで、それはいいなと思いました。

着物を着ている年配の方に、雑談のなかで着物の相談をすることもあったのですが、

「若い人はとにかく着ちゃえばいいの」

といわれてしまいます。根本的な解決にはなりませんね。着物雑誌も見てみますが、正統派でコンサバすぎて色合わせも無難なものが多いですし。それか、私から見ると若い人向きで、これはちょっと無理なコーディネートのものも。雑誌を見ても、着物を着たいという気分は上がらないです。ファッション誌で原宿《はらじゅく》スナップが流行《はや》ったように、モデルさんが着ているのを見るよりも、生で着ている一般の人たちを見るほうが、着たいという気持ちになりますし、私には参考になります。

……………………………………………………………………………………

御祖母様とお母様が琵琶を習われていらっしゃったとは珍しいですね。御祖母様は趣味人でいらっしゃったのでしょう。そのおかげでお手伝いで振袖をお召しになり、着物や所作に慣れることができたのはいい経験でしたね。若い頃にそういった経験をなさると、着物を着たときにずっと活《い》き続けると思います。

また同僚と浴衣でビヤホールに行くというイベントがあったそうですね。浴衣を持っている方だったら着る機会が増えますし、それによって浴衣をはじめて買う方もいるでしょうし、知り合いから借りる人もいるでしょう。何にせよ、着る機会を作るのはいいことです。初心者の方は着慣れている人の姿を見て、学ぶことも多いと思います。着慣れている方は初心者に教えてあげられる事柄も多いでしょう。浴衣は季節のものですが、浴衣を着て半幅帯を締められれば、それは袷の着物に半幅帯として流用できるので、やはり着物の第一歩かもしれません。

御祖母様とお母様におまかせだったのが、ご相談ができない状況になると、何が何だかわからないというのはよくわかります。昔と同じように、着物の情報は母親など、女性の親族から伝えられるものが大きいとよくわかりました。それが途切れてしまうと、情報が入って来なくなる。たしかに着物の雑誌には、様々な事柄が書いてはありますが、それが自分が求めている情報なのかどうかもわからない。着物は情報にしろ経済的な問題にしろ、すべてに母親の影響が強いものなのだなと思いました。

まずご自身で組み合わせがわからないものを、画像を撮影して、一度、詳しい方に見てもらうのはいかがでしょうか。どのような格のものか、どんな場所に着ていけるものかがわかれば、少し安心できると思います。組み合わせが慣れているものだったら、そのときの気分に合わせて、小物の色を替えてみるとか、袷に夏物の小物を合わせたりしないように、少しずつやってみれば大丈夫なはずです。今の若い方は様々な色を見て育ってきているので、そうひどいことにはならないと思いますが、

「何か変だな」

と感じたらやはり変なので、それは替えたほうがいいです。

着物を着たときに、着物を着慣れている人に、今、着ている着物に関して、「小物の色を替えたい」とか「帯を替えたい」などといってみたら、いろいろとアドバイスをしてもらえるかもしれません。少しずつ情報を増やしていけば、その蓄積が役に立つのではないでしょうか。織りの着物でも手頃な値段のものは、昔に比べて数は少なくなりましたが、まだありますよ。

着物にはメンテナンスがつきものなので、ほったらかしで平気とはいえません。車に保険や車検が必要なのと同じで、それをはずしては考えられないのです。着物を着たいとなったら、それごと受け入れないと難しいですね。どこをどう割り切るかだと思います。でも浴衣姿も白地の訪問着をお召しになった姿もとても素敵でお似合いでしたので、たくさん着物を着ていただきたいなと思いました。

一度着物から気持ちが離れてしまった――Zさん　四十代・既婚

現在、着物と帯は、それぞれ百枚ずつくらいあると思います。実家の整理などで、祖母の家と実家にあったものも持ってきたので。

子供の頃から日本舞踊を習っていたので、浴衣はお稽古着です。自分で着て兵児帯をリボンのように結んでいました。それで浴衣に関しては、自然に着られるようになっていました。祖母は普段着が着物の世代でしたし、母は私のものと一緒に誂えていた気がするのですが、あまり彼女が着ていた場面は冠婚葬祭以外は思い出せないです。七五三のときも着物でした。三歳のときの記憶はないですが写真が残っていますし、七歳のときは記憶にもあります。高校入学でお稽古場と距離ができてしまい、日本舞踊とは疎遠になってしまいました。当時の部活は歌舞伎研究会で、自分たちが演じる部でした。部活の練習ではいちおう浴衣を着てはいたのですが、それは適当で、下にジャージを着ている人もいました。

成人式の振袖は親が誂えてくれました。自分の好みで選んだものなので、とても気に入っていて今でも持っています。黒地でオレンジ色の梅柄なのです。三十歳のときにお茶をはじめたので、そのお手伝いのときに、三十代半ばまで着ていました。お茶会の手伝いも多くなってきたので、そのときに、「二日間で覚える着付け教室」に通って、自分で着物が着られるようになりました。振袖は母が以前、着物を購入した、上野《うえの》にある呉服店で誂えました。娘時代に母が誂えてくれたのは、ピンク色のものが多かったですね。三十歳くらいのとき、もうちょっと大人っぽいものが着たくなって、デパートの催事でベージュ色の紬に目が留まり、販売員さんにも、

「若い人がこういう渋いものを着るとかっこいいのよ」

と褒めてもらいました。今までとは違う雰囲気のものでした。

一度目の結婚のときの結納は振袖で式はウエディングドレス、二度目の結婚の結納のときは洋服で、式は白無垢《しろむく》、披露宴でその黒地の振袖を着ました。十分、元は取ったと思います。結婚したときも、特に誂えたりはせず、訪問着は実家にあったものを何枚か、結婚した家に持ってきていました。友人の結婚式のときは、相手の要望に応《こた》えて、

「若々しい雰囲気で」

といわれたら振袖、そうでなければ訪問着で出席していました。私自身はレンタルの経験はないですが、した方の話を聞くと、そのときどきで選べて、楽しそうだなと思います。

三十代のときは着物が大好きで、自分の趣味といってもいいほどでした。歌舞

伎座にもできる限り着物で通っていて、大島が多かったと思います。梨園《りえん》の方は柔らかものなのかもしれませんが、そうでなければ紬でもいいと考えています。なかには前のほうの席なら柔らかものでという考えの方もいるようですが。浴衣も誂えましたが、それはインターネットで反物を見て、私のサイズに仕立ててもらったもので、花火大会にも行きました。そのために凝って畳表の草履を買ったりしました。友だちと着物で食事会をしたり、ふだんでもよく着ていました。自分で着られるのでその点で困った経験はなかったです。

しかし四十代になって、着物に対する熱が急に冷めてしまったのです。最近はお茶会で着る程度になってしまいました。嫌になってしまった理由は、老眼になって半衿をつけるのが面倒になったことや、肩が後ろに回りづらくなったりして、着る際に支障が出るようになった身体的な要因もあります。また長襦袢が汚れるのも嫌ですね。肌着とはわかっていても、頻繁に洗わないので薄汚れた感じになりますし、手入れをしたり直したりするのが面倒です。夏物は洗える物を使っているのですが、袷でも気軽に洗えるものがあるといいのですが。また私の足の形が市販の足袋では合わず、銀座の専門店で誂えているのですが、擦れてくると人前では履けないですし、かといって誂えに店に行くのも面倒なのです。それに雨が降ったら着たくないとか……。雨コートも足袋カバーも持っているんですけどね。着物から離れたのは、うまくいかない細かい不満の積み重ねですね。着物は好きですし、精神的には着る気は満々なんですけれど、現実には難しいです。日本の工芸を紹介する仕事をしていたこともあって、たとえば沖縄の芭蕉《ばしょう》布《ふ》[*20]がどれだけ手をかけて作られたかを知り、実物を見て、

「こんなに美しいものなのか」

と感激しました。宮古上布も工芸品としてとても好きです。他の地域のものでも、手のかけ方や染めの美しさなど、日本の宝物だと思いました。着物はもう着ないとは考えていないので、百枚も手元に残しているわけですし。熱意があった頃は、初釜で雪が降っていても、スニーカーで行って、現地で履きかえるなど、気合いが入っていましたね。三十代で気に入って購入したベージュの紬も、四十代になってリサイクルショップに手放してしまいました。若い頃はよかったのですが、四十代になったら地味な感じになってしまったので。

お茶のお稽古だと、色無地しかだめというところもあるようですが、私が習っている先生は、柔らかものであれば大丈夫とおっしゃっています。色無地しかだめという流派はちょっとつまらなそうです。訪問着は華やかなので着るとうれしいですね。ただやはり着用に適する年齢はあると思うので、年配の方が明らかに娘時代の派手な着物を着ているのを見ると、ちょっとかわいそうと感じます。茶《ちゃ》

花《ばな》とかぶってはいけないということもないですし、最近の温暖化で、本来の季節を外れて着てもいいか迷う単衣も、先生が実用に即したほうがいいとおっしゃってくださるので、その点は気持ちが楽です。

祖父母の持ち物を整理するために、もう一度、荷物の大処分をしなくてはならないのが気が重いです。ただ私が七五三の七歳のときに着た着物がとってあったのでびっくりしました。祖父母にとっては孫の思い出の着物なのでしょうが、処分の基準は着るか着ないかなので、もちろん処分しました。着ないものである程度よいものはリサイクルショップへ、そうではないものは業者に引き取りに来てもらって手放しました。

その結果の手元の百枚なので大変です。収納はもともと私が持っていたものと、実家から持ってきたものとで、和箪笥が二棹あります。プラスチックケースと、洋服箪笥も使っているので、合計三棹くらいあるでしょうか。どうでもいいというっては語弊がありますが、それほど大切じゃないなと思うものは、結構引き出しにぎゅうぎゅうに詰め込んでいますが、大切なものは箪笥の上のほうに少なめに収めています。

そういえば着物は着慣れていたはずなのに、若い頃、袋帯の折り上げたたれの部分が落ちてきたことがありました。表面がつるっとした風合いのものだったのです。渋谷《しぶや》の東横線《とうよこせん》のホームでしたが、あっと思ったとたんに、知らないおばさまがものすごい勢いで走ってきて、直してくださって、神が降臨したと思いました。そのときあらためて、帯締めをぎゅっと締めないといけないという理由がわかりました。

……………………

膨大な量の着物がお手元にあり、お小さい頃から着物に慣れ親しまれてきた、ほとんど着物のプロに近い方でした。しかしまだ整理しなくてはならない荷物があるとか。うれしいような悲しいような状況ですね。私も自分の着物を整理してほっとしたところ、実家から手入れをしなくてはならない、カビのはえた母の着物や帯などがどどーんと送られてきて、泣きたくなりました。手入れをしても無理そうなほど、ひどい状態のものは捨て、なるべく処分しないで手入れをしてもらって、手元に残そうとしましたが、手入れの金額だけで、そこそこいい訪問着が買える値段になってしまい、がっくりしました。

しかし着る、着ないときっぱりと基準をお決めになって、潔く処分されたのはすばらしいと思いました。処分しようと思っても、見てしまうと、

「でも将来、着たくなるかも……」

と、ぐずぐずとまたとっておくほうに戻したりして、気持ちが揺らいでしまうもの

です。それにある年齢になると、親の所有物の整理の問題が出てきてしまいますね。親から残されて困るもののベストスリーに着物が入っていたのを見たことがあり、複雑な気持ちになりました。自分がもっと歳を取ったときに、手元の着物の行く末を考えなくてはなあと思いました。

着物との関係が濃い生活を送られてきたからこそ、今は多少距離を置いていらっしゃるということでしょうか。私も半衿を付けるのは面倒くさくなってきましたが、代わりにやってくれる人がいないので、ぶつぶついいながらやっています。襦袢を脱いで汗で湿っていたりすると、いくら風を通しても、また着るのはちょっとためらいますね。

着物の手入れも、失敗するとこわいので私は自分でしたことはありません。ずいぶん前に、母と同世代の着物を着慣れている方に手入れについてうかがったところ、「自分でもやってみたことがあるけれど、失敗して着物をだめにしてしまった。手入れはプロにまかせたほうがいい。下手に素人が手を出してもうまくいかないから」とおっしゃっていました。汗の場合は、濡《ぬ》らしたタオルで汗を吸い取り、乾いたタオルで水分を押すようにして取り、衿や袖口の汚れはリグロインで拭《ふ》く方もいらっしゃるようです。

楽天にショップがある「街着屋」のサイトでは、魔法の長襦袢を扱っています。サイズが五サイズあり、衿の形もきれいですし、腰紐がついているので、ただ体に巻き付ければ着られます。着た後はネットに入れて洗濯機に入れれば、翌日には着られます。東レシルックの反物からのオーダーもあり、反物の価格は二万円から四万円の間。その他に仕立代などが必要になります。最近のシルックはとてもよくできていて、肌触りもいいのですが、冬の乾燥した日に、魔法の長襦袢のプレタのほうの襦袢を着て外出したところ、私の静電気体質もあるのですが、ぴったりと体にはりつくのがわかり、他の人と手が触れたとたんに、バチッとものすごい音がして、周囲の人たちに驚かれました。帯電防止のスプレーをかけてきたのですが、私の体質とは合わなかったようです。

正絹で洗える袷の襦袢も誂えたことがあります。「ふるるん」という名前のものです。これは手洗いしかできませんが、食器用洗剤を使って押し洗い。タオルドライをして着物ハンガーにかけて乾かしました。最初に着たときは、加工の具合なのか、ちょっとすべるような感じがしましたが、だんだん落ち着いてきました。袖は単衣でなく袷仕立てにしてもらいましたが、まったくといっていいほど縮みがなかったです。ただお値段が仕立代込みで柄にもよりますが高くて八万五千円前後。もしも静電気体質でなかったら、私は東レシルックの魔法の長襦袢をお薦めしたいです。やはり合繊はちょっとということであれば、こちらの「ふるるん」を。一枚、気軽に洗える正絹の長襦袢があると気が楽になりました。私は半衿をつけ替えたいので、そのつど半衿をつけ直していますが、仕立ての際に洗える半衿をつけておいてもらうと、半衿をつけたままで洗えます。

第四章　着物と私

私の家では母はふだんは洋服で、家族で遊びに行くときにも洋服だったが、お正月、私のピアノやエレクトーンの発表会、入学式、卒業式にはいつも着物を着ていた。そのときは他の多くのお母さんと同じように、黒紋付の羽織に色無地姿だった。黒地の羽織はもう一枚持っていて、そちらのほうには控えめだが絵羽《えば》*21模様が入っていた。色無地は御所染色というのだろうか、紫色とピンク色が混ざったような色で、牡丹唐《ぼたんから》草《くさ》の地紋だった。この色無地は母のところから着物がどっと届いたときに、そのなかに入っていたけれど、相当着尽くした感があり、母もその後はその着物を長期間着なかったせいもあって、劣化が激しく処分してしまった。お正月には母は紺地に水色の小さな井桁絣《いげたがすり》のウールのアンサンブル、父は深い緑色のウールに黒い兵児帯《へこおび》を締めていたような記憶がある。私は小学校の高学年のときに、母の明るいブルーの地に赤と黄色の絣柄のウールを借りて、友だちと一緒に近所の神社に初詣《はつもうで》に行った。そのときはまだ着物が好きというよりも、

「お正月だし、せっかくだから着てみるか」

程度のものだった。しかし母にいわれたわけでもなく、自分で、

「何か私が着られる着物はない？」

と聞いたのは覚えている。

私が最初に着物を着たのは、記憶には残っていないが、七五三の三歳のときの写真が残っている。大昔なので白黒だが、そのときに着たのは桃色の着物で、のちに母がそれで着せ替え人形のバービーちゃんとタミーちゃんのお揃いのお布団を縫ってくれた。七歳のときは白地の着物を着た。母が近所の呉服店で買ってきたのだと思う。私は他に着る機会はないまでも、それなりに豪華な着物があるというのがうれしくて、包みを開いて眺めるだけでもわくわくした。しかしその着物と帯は、すぐに家からなくなった。これから七歳になる親戚中《しんせきじゅう》の年下の従妹《いとこ》の間を巡り巡ったと、あとで母から聞かされた。着物を着ているのが楽しくて、寝るときに脱ぐのがとても残念だった。

小学生のときに浴衣《ゆかた》も何回か着た記憶があるが、子供の柄なので、白地に赤や水色の色合いで、金魚や風鈴などの柄だった。女の子はだいたいそれに赤やピンクの、絞り柄が入った兵児帯を締めるのだが、どちらかというと男の子の浴衣の色や柄のほうが好みで、

「どうして女の子の浴衣には、青や緑色の柄はないの」

と母に聞いたら、

「そういうものだ」

で終わってしまった。女の子用の柄や色にはあまり興味が持てなかった。

それから中学生の家庭科の時間に、授業で浴衣を縫った。当時は浴衣地は、白地、藍地《あいじ》とほぼ決まっていて、先生から白地の反物を買うようにといわれていた。それを自分で仕立てて、記念写真を撮るのだが、私が自作の浴衣を着た姿を見て、みんなが、

「相撲の新弟子のようだ」

と笑った。当時は体重が六十キロあったので、自分でも、

(もっともだ)

と納得したので、まったくいい思い出はない。他の事柄はともかく、着物のことだけはよく覚えているのに、どんな柄だったかも記憶にない。

そして高校生のときに、腰高で手足が細い洋服体型の母とは正反対の自分の体形を考え、私は洋服が似合わないのは自覚していたので、将来は着物を着るしかないなと考えた。そこでアルバイトをして貯めたお金で、母が懇意にしていた呉服店に行って紬《つむぎ》を買った。自分のタイプからして、当時はそんな名前も知らなかったけれど、ひらひらした女性的な柔らかものの小紋は似合わないと思っていたし、興味もなかった。

母は私の好みを知っていたので、担当のおじさんがいわゆるお嬢さんが着るような、

かわいらしい色の反物を持ってきたのを見て、

「うちの子はそういうのが好みじゃないんですよ。紬が欲しいんですって」

といふと、彼はびっくりしていた。私は呉服店の人たちを無視して、自分好みの紺色や茶色の反物が積んである場所に行って、片っ端から広げて眺めていた。そのときの詳細については、他の着物の本に書いているので省略するが、店の人の「それは地味」の連呼のなか、

「これじゃなきゃいやだ」

と藍色の濃淡といっても、値段からして本藍ではなかったが、大柄の花を織りだした機械織りの十日町紬《とおかまちつむぎ》を買った。裾回《すそまわ》しも呉服店が薦める色を断って紺色にしてもらった。彼らからしたら、地味以上に地味すぎる仕立て上がりだったと思うが、私は大満足した。しかしどうして呉服店は、若い人のそれぞれの好みを無視して、ひとくくりにピンク色やかわいらしい柄のものを持ってくるのだろうかと、不思議な思いでいた。

そのときにただ色と柄が好きというだけで、紺地の袋名古屋帯《ふくろなごやおび》も買った。その分は母が出してくれた。お店の人から、金銀は使われていないが、鳳凰《ほうおう》や四君子《しくんし》が織り出されている品のいい帯だった。

「その紬にその帯は合いませんよ」

と釘《くぎ》を刺されたのに、私はただ気に入ったものを買っていた。素人目にもこの着物にはこの帯の雰囲気は合わなさそうだとはわかった。

私が着物が好きだとわかった母は、私が二十歳のときに着物を作ってくれていた。ちょうど両親が離婚した頃だったし、父からは慰謝料ももらっていなかったので、経済的に苦しかったはずなのだが、やぶれかぶれだったのか、やっと別れられて気分がすっきりしたのか、子供たちには何の相談もなく母と私と弟の家族三人分の羽根布団セットを総額百万円近くで購入して、私と弟をびっくりさせた。その一連のやぶれかぶれのなかに、私の着物があったらしい。そのなかで明るい青の地に朱色の花柄が飛んでいる付下《つけさげ》と、白地の天井柄の袋帯は私も一緒に店に行って選んだ。

以前、はじめての紬を買った店はすでに閉店してしまっていたので、その付下と袋帯を買った店に私が行くのははじめてだった。美術大学を卒業した若いご夫婦がはじめた店で、都内のごくふつうの住宅地にあるお宅が店舗兼住宅になっていた。もちろんショーウインドーもなく、知っている人しか行かない店だった。ご主人のお兄さんが京都で呉服店をしていて、そこを通じて商品をまわしてもらっているという話を聞いた。どうして母がその店を知ったのかはわからないが、

「センスがよくてちょっと変わったものがある」

と母は気に入っていた。

紬に合わせる私用の襦袢《じゅばん》がなかったので、白地に小花が散っている襦袢も誂《あつら》えてもらった。

「付下は卒業式に着なくてもいいけれど、これから友だちの結婚式に呼ばれたら着ればいいわよ」

と母はいった。そのために白地の天井柄の袋帯を選んだのだろう。その他に草木染めの柿色の縮緬《ちりめんじ》地に手描きの大柄の更紗《さらさ》柄《がら》の小紋と、洗い朱色のひとつ紋付色無地が誂えられていた。紋付、礼装には必ずコートも一緒に誂えるものといっていたので、無地の道行衿《みちゆきえり》の朱色のコートもあった。それらが家に届いて、母は満足そうだったが、私は複雑な気持ちだった。明るい青の地は私が自分で選んだから好みだったが、他のものは母が私ではなく自分自身に似合うものを選んだとしか思えなかった。明らかにオレンジ系の色は私には似合わない。それでも金銭的に大変ななか、着物を作ってくれたのはありがたかったので、それは大切にしまっておいた。のちに付下は若い人に差し上げ、草木染めの更紗の着物は、母の了承を得て羽織に仕立て直して今でも着ている。

大学生のときは着物や浴衣を着たことはなかった。家には母が縫ってくれた有松絞《ありまつしぼ》りの浴衣があったが、浴衣と聞くと相撲の新弟子が浮かんできてしまうので、浴衣には興味がなかったし、着たいとも思わなかった。当時は浴衣を着て花火大会に行くというイベントもなかったのだ。おまけに私はアメリカ文化にかぶれていたので、Tシャツにジーンズがあれば、一生暮らせるのではないかと思っていた。しかし二十歳のときにアメリカのニュージャージー州に三か月滞在したとき、地元の人から、

「どうして着物を着て来ないのか」

といわれたり、知り合いになった現地のデザイナーをしているおばさまたちから、日本の染めについて聞かれたりしたけれど、それに満足に答えられない自分が恥ずかしくなった。

それで自分が着物を着て過ごそうと考えていたことを思い出し、日本に帰ってから、着物雑誌を毎号、買うようになった。文化出版局から出ていた季刊の「銀花」も毎号読むようになり、バックナンバーも揃えた。染めの着物に比べて、華やかさには欠けるけれども、美しい糸で織られた日本各地の紬の数々。大島紬《おおしまつむぎ》、黄八丈《きはちじょう》などに私の心はわしづかみにされた。この雑誌で私は伊兵衛織《いへえおり》を知り、

「今は買えないけれど、いつか絶対に買う」

と憧《あこが》れていた。

デザイナーのおばさまたちの質問に対しても、図書館で調べて、拙《つたな》い英語で返事を書いたりしたが、日本の染織について調べれば調べるほど奥が深く、すべてを網羅しようとすると、一大研究になってしまうのもよくわかった。手を広げすぎてもろくな

ことがないので、自分が買ったり着たりするときに、最低限のことだけは知っておこうと、雑誌だけではなく着物の本も片っ端から買いはじめた。

大学を卒業して就職すると、着物を着るどころではなく、広告代理店での激務の日々が待っていた。日曜日はただ寝るだけで終わり、気持ちの余裕もなく、着物を着たいとも思わなかった。しかし着物は見たいので、雑誌や本は買い続けて脳内で楽しんでいた。二十四歳のとき、六回目の転職で零細出版社に就職して、やっと私の腰は落ち着いた。1Kの木造モルタルアパートでひとり暮らしをはじめたのもこの頃である。この会社に就職してから原稿を書きはじめ、幸いなことに依頼も増えて、使えるお小遣いが少しずつ増えていった。そこで頭に浮かんだのは着物である。雑誌や本で見た、あの美しい紬が欲しくなった。

そんなとき、母が私の付下などを誂えた呉服店で、週末に展示会があるらしいと、母から電話があった。私が「着物を買う」などといったら、自分も行くと彼女が大騒ぎをするのは決まっていたので、私は、

「へえ、そうなの」

と返事だけしておいて、一人でその店に行った。他には母と同じくらいか少し年上の年齢の女性二人が先に来ていた。

「大島紬が欲しいのですが」

店主ご夫婦にお願いすると、反物をいくつか持ってきてくれた。そのなかで艶《つや》があり、しなやかで美しい反物があった。洋服は一生は着られないが、どうせ着物を買うのであれば、おばあさんになっても着るつもりだったので、何十年もあるこの先を考えると品質に妥協はしたくなかった。私が大島を選んでいるのを見て、先に来ていた女性のうちの一人が、聞こえよがしに、

「あんな地味なのを選んで、どこに着ていくのかしらねえ」

などといっているのが聞こえた。別にその人に買ってもらうわけでもないので、無視していると、ご夫婦が、

「今の若い人はこういうお好みの方が多いんですよ」

とやんわりいってくれた。しかしそのおばあさんは、

「そんな、おばあさんが着るようなもの」

と文句をいい続けていた。小娘の買い物にぶつくさいっていないで、さっさと自分の着たいものを買えよと思いつつ、私は反物を何度も見比べて、そのなかでいちばん美しいと感じた反物を買った。反物についていた値段は八十万円で、貯金がすべてなくなる金額だった。私が自分のお金で買うのを気の毒に思ってくれたのか、お店のほうで仕立代、裾回しの分も含めて、反物の金額のみでいいといってくれた。私に対してぶつくさ文句をいっていたおばあさんは、私がその大島紬を買ったのを見て、ぎょっ

とした顔をしていたが、そんなことは私にはまったく関係なかった。

十日町紬はふだんにざくざく着るのにはうってつけで、大好きな着物だったが、大島紬はそれとはまったく違っていた。私にはシルクのかっこいいドレスに匹敵するような感覚だった。仕立て上がってきて、お金を払ったとき、私の貯金通帳は見事に残高0になったけれども、憧れていた大島紬を手に入れられて、最高に幸せだった。

ひとり暮らしをはじめたときに、母が誂えてくれていたひとつ紋付の色無地と、十日町紬と一緒に買った袋名古屋帯を、着付けの練習用として持ってきていた。その袋名古屋帯はその紋付にも格が合わないという、結局はわけのわからない買い物だったのだが、着付けのときにはとても役に立ってくれた。なぜ十日町紬を持ってこなかったかというと、私にとっては紋付よりも紬のほうが大切だったからである。これから着付けを練習しようとしたら、あっちこっちが擦れたり汚れたり、汗がついたりするだろう。好きな紬が汚れるのはもったいない。私があまり好きではない着物を着付けの練習用に選んだのだ。着付けの本には、柔らかものほうが着付けに神経をつかうと書いてあったので、最初に難しいほうで練習して慣れておけば、自分が着たい紬はさっさと着られるだろうと考えた。

それからは会社から帰って、晩御飯を食べ、お風呂《ふろ》に入る前の三十分が、毎日の着付けの練習時間になった。本の名前は忘れてしまったが、とてもわかりやすい着付けの本を見つけ、それを見ながら練習した。襦袢は実家から持ってこなかったので、肌着のうえに直接着た。最初は両手をどうやって使っていいかもわからず、着丈を決めるのにも一苦労。あるときはひきずり、あるときはつんつるてん。うまくいったと思ったら、するっと手からすべり落ちて、また最初からやり直し。

「ううむ」

しかしこれらをクリアしないと、着物が着られないと思うと必死だった。昔は日本人が誰でも着ていたのだから、私が着られないわけがないというその一念で、毎日三十分間、続けているうちに、一週間ほどで着物は何とか格好がつくようになった。次の一週間は袋名古屋帯を締める練習である。これが難関だった。帯を体に巻くとあちらこちらがゆるんでくるし、仮紐《かりひも》を使ってやっとお太鼓を作る段階まで到達しても、今度は帯枕を帯の裏側にあてて、ほいっと背中に背負うのにもひと苦労。九割の確率で歪《ゆが》むし、たまにうまく背負えても柄がうまく出なかったり、最初に手の長さをとったはずなのに、結んでいるうちに、長さが足りなくなったり、胴に巻いた部分に皺《しわ》が寄ったりと、着物を着る以上にどっと疲れた。

それでも毎日、繰り返してやっているうちにコツが飲み込めてきて、こちらも一週間か十日ほどで納得できるような格好になってきた。当時、篠原勝之《しのはらかつゆき》さん（クマさん）の「人生はデーヤモンド」を読んだり、テレビに出るときも着流しで、首に布きれをマフラーみたいに巻いている彼の姿を見たりして、そんなふうに自然に着物を着たかった。当時は着物ブームでも何でもなかったし、私のように茶道や日本舞踊など、和物の習い事を何もしないで、ふだんに着物を着たいという同年輩の女性はほとんどいなかった。昔はよく見かけた、日常着が着物のおばあさまたちも、ほとんど見かけなくなった頃でもあった。ふだんに着る着物よりも、振袖《ふりそで》、訪問着のようなフォーマル系の着物のほうに需要があり、呉服店も日常着を細々と売るよりも、高額なものを何点か売ればよいというような時代だった。

クマさんは藍染めの厚手木綿の反物を買い、何度も自分で反物を洗った後、近所のおばあさん四人に五千円ずつを渡して、着物を縫ってもらうと書いていた。男の人はそうやってひょいっと軽く着物が着られるのに、女が着物を着るとなると、買い物をしようとすれば、見知らぬ意地悪そうなおばさんにあれこれいわれ、着物の値踏みをされ、何もいわずに勝手に触られ、陰口をたたかれる……。世の中の着物を取り巻く女の複雑な感情が本当に鬱陶《うっとう》しかった。

「ああっ、本当に女は面倒くさい！」

それでも私は何としても自力で着ると決めたので、日々、その第一歩である着付けに精を出し、何とか外に出られる状態までになった。

仕立て上がってきた大島紬は、何ともいえない美しさで、会社から帰ってきて畳紙《たとうがみ》を開け、布を見ただけで疲れがとれるようだった。私はこれを買ったのを母には黙っていたが、当然、私が母に話していると勘違いした呉服店から洩《も》れてしまったようで、

「よく思い切って買ったわね」

といわれた。そして襦袢がないと着られないだろうと、週末、押しかけ気味に私の部屋にやってきた。大島紬を見たかったのだと思う。見せないわけにはいかないので、仕方なく見せると、

「これはいいわ、これは素敵」

母は何度もいいながら、

「お姉ちゃんにはもったいないんじゃないの」

といい残して帰っていった。

毎日ではないが、それから一週間に何度かは紋付で着付けの復習をした。この間まででできていたのに、着丈を決めるのが一回でできなくなってぎょっとしたり、やっと結べるようになったのに、また袋名古屋帯を結ぶのがへたくそになっていたりして、がっかりした。それでも絹地を見たり触ったりしていると心が安まった。母が持ってきた白地に小花が散っている襦袢は、広げてよく見たら関西仕立てではなく、関東仕立てになっていた。着物の本にその形の違いが載っていたので、見てわかったのである。

関西仕立ては着物と同じような形、関東仕立ては衿が別につけてあるのではなく、衿が下まで通して縫い付けてあるタイプで、痩《や》せている人は関東仕立てのほうがよく、体格のいい人は関西仕立てのほうが着やすいといわれていたが、私は痩せてもいなかったので、襦袢を着てみたら、何となくおさまりが悪かった。それでも仕立て直しはしないで、そのまま置いておいた。

それから二、三年経ってお金が貯まると、同じ呉服店で黄八丈を見せて欲しいと頼んだ。店主はカジュアルな江戸の町娘風の格子柄を薦めてくれたのだが、そのなかに他のものとは別格の美しい反物があり、私は、

「絶対にこれしか欲しくない」

とその反物を買った。その反物は桐箱に入って墨書きがしてあり、山下八百子《やましたやおこ》作と書いてあった。私は作家のお名前も知らなかった。ただ他の黄八丈に比べて、あまりに美しいその反物以外、目が向かなくなってしまったのである。また百三十万円がとんでいき、貯金通帳の額は0になった。高いとか安いとかはまったく考えなかった。相場も調べていたわけでもないし、市場調査もしなかった。ただその反物が気に入った、そして通帳を0にすれば買える、つまり私にも買えるから買った。働けば次のお給料が入るわけだし、私は貯金が0でもまったく気にしていなかった。それよりも反物の美しさを思い出しながら、うっとりしていた。

物書き専業になる三十歳前に、１ＤＫのマンションに引っ越した。近くに着物雑誌に載っていた、私の好みの品物が多そうな呉服店があったので行ってみた。そこで持参した大島紬を見せながら、

「この大島に合う名古屋帯が欲しいのですが」

といった。当時は呉服店にはほとんど、不祝儀用の帯以外、名古屋帯は置いていなかった。理由は価格が袋帯よりも安いので、売っても利益が少ないからだ。しかしその店には、オリジナルの紬向きのろうけつ染めの手描きの名古屋帯が色違いで二本だけあった。私の大島紬を見た女性の店主は、

「これは物がよすぎるから、本当ならば洒落袋帯《しゃれふくろおび》を締めたほうがいいね。もうちょっと気楽に着られる大島のほうがいいんじゃないかな」

と箪笥《たんす》の中から一枚の大島紬を出してきた。それはある奥さんがご主人に内緒で買ったものの、それがばれて夫婦喧嘩《げんか》になり、返品になったものだった。私とほとんど体形が変わらない小柄な女性という話で、羽織ってみたらそのまま着られそうだった。店主はまたこれを店で売ることはできない。もしあなたがよければ、格安の値段で譲るといってくれた。泥染めでもなく細かい絣でもなく、金額も前に私が買った大島紬とは一桁違っていたので、それを譲ってもらった。

それでもとりあえずは大島紬なので、その店で買ったろうけつ染めの名古屋帯を締

めて、編集者との会食や打ち合わせに着ていった。着ていて特に不具合は感じなかったのだけれど、何度着ても自分の着付けに納得がいかなかった。とにかく昔のおばあさんみたいに、楽に着物を着たいと考えていて、補整をするのは不自然で嫌いだったのだが、一度、やってみてもいいかもしれないと思うようになった。

当時、住んでいた場所には、近くにデパートが三軒あったので、着物用の肌着、着付け用の小物、足袋《たび》などはデパートで適当に買っていた。足袋はいくつか試着させてもらったら、福助のものが足に合ったので、それに決めた。草履は銀座《ぎんざ》の小松屋で買ったものを履いていた。肌着は、「装道」の「ユニペッチ」というかぶり式の着物用のスリップか、襦袢と同じ形の正絹のこちらも着物スリップを着ていた。装道の着付け教室にはお世話になっていないが、デパートに売っていたから買っただけである。今のようにインターネットなどの情報収集ツールもないので、何かと比べられるわけでもなく、デパートに行って目の前にあるものを買うしかなかった。

とにかく楽に着たいというのが最初にあったので、昔ながらの肌襦袢、裾除《すそよ》けなど、紐を何度も結ばなくてはならないものは、面倒くさかった。ささっと着られるのがいちばんだったのだが、それらを着ると、どうも帯が不安定になりがちで帯締めを締めると帯がくびれてしまい格好がよくないのが気になっていた。

デパートに売っていた装道の「美容補整パット」を巻いてみた。すると体が寸胴《ずんどう》になるので、着付けも楽だし帯も安定した。しかし鏡に映った着物を着た自分の姿を見ると、さらっと着るにはほど遠い、かっちりとした着姿だった。まだ着物を着ることにも緊張していたらしく、着物を着るとどっと疲れたりもしていた。私が目標としている姿とは正反対だった。一般的にも着物を着るときには補整をするのは当たり前という考え方が多かった。普段着の着物ではなく、礼装中心になってしまったからだ。呉服売り場の店員さんも、

「これがないとね」

と着付けの必需品といっていた。一年くらいは、それを使って補整をしていたが、やはり不自然で、自分の体を甲冑《かっちゅう》で固めているような気がしてきて、

「これはやっぱり私には合わない」

と判断して、それ以来、補整をするのはやめている。

三十代、四十代は怒濤《どとう》のように着物や帯を買っていた。伊兵衛織の展示会が表参道《おもてさんどう》であると聞いて、胸をどきどきさせながら買いに行き、念願の着物とそれに合わせて添田敏子《そえだとしこ》作の帯を買った。まさに悲願達成だった。「洛風林《らくふうりん》」の帯も、国画会の作家の方々の帯もどれも素敵だった。伊兵衛織の美しい織り見本地がたくさん重ねてあり、その一枚一枚を見ているだけで幸せな気持ちになった。布の端に下がっている太めの玉糸《たまいと》の美しい色と艶にもうっとりした。そして、

「次はこの柄を買おう」

と決めるのだった。

一方で私は銀座の呉服店には一切、興味がなかった。広告代理店で同期入社だった女性が、実家がビル一棟を所有していて裕福だとかで、銀座の呉服店で着物を誂えているると自慢していた。今はその店も閉店してしまったが、どうしてそんな自慢をするのかわからなかった。彼女は柔らかものが好みだったので、よりそういう意識が強かったのかもしれない。私はただ着物が好きで着ているだけなのに、買った店とか、そういうのは着物を着るのに関係ないのになあと思いつつ、彼女は自慢したいのだろうから、勝手にいわせておけと黙って聞いていた。

彼女のようにブランドとして自慢したい人や、着物選びに自信がない人にとっては、銀座の老舗《しにせ》というのは安心できるところなのかもしれない。置いてあるものに間違いがないからだ。ただ私が好きな紬というのは、ひと目で「あの店の着物」とわかる種類の着物でもなかったし、そういう着物は着たくなかった。自分はその店の広告宣伝をしているわけではないからだ。ヘアスタイルから着物からすべて完璧《かんぺき》に整えて隙がないのは、私はかなり野暮ったいと思っている。そういうお好みの方もいるのはわかっているが、私の着物に対するスタンスはそうではなかった。洋服と同じように着物を着たい。だから着物を着るときに、ヘアスタイルをアップにしなくても、肩にかかるくらいだったら、洋服のときと同じようにダウンスタイルでいいと思っていた。とにかく洋服のときと差があるのがいやだった。しかしなかには、着物を着るのに髪の毛をアップにしないなんてという人がいるのも事実である。

もちろん呉服店のプロのアドバイスも重要だけれど、自分が着物を選び、自分が帯を選びたかった。だから着物と帯を同じ店で合わせて買うのは、つまらないのでほとんどしなかった。買ったものを一覧表にして、不足しているものを頭に入れておいて、目についたら買う。そしてあとでコーディネートを考える。洋服よりも可能性がいくらでもある着物や帯は、店のお薦めよりも自分の好みを貫いていた。それによって、しまったと後悔したことも、正直、何度かあるのだが。

袋帯については、名古屋帯ですらあんなに大変なのに、自分で締めるなんてできるのだろうかと、はなから諦《あきら》めていて、練習もしなかった。しかし気に入った帯が洒落袋帯だったりすると、締められないことには話にならない。そこで手元にある本、雑誌、またテレビに着物を着ている人が出ていると、そこからいったいどんな情報が得られるかと、情報収集も怠らなかった。私が三十代の頃は、インターネットにも着物の情報はそれほど多くなかったような気がする。そんななかでテレビに出演していた、旅館に嫁いで女将《おかみ》になった外国人の女性が、

「袋帯は前で結んでぐるっと後ろに回す」

といって前でささっと袋帯を結び、それを背中に回したのを見て、

「これだ」

と思った。これだったら柄も自分の好きなように出せるし、名古屋帯もいつもの私のように、「柄をお太鼓のここに出したいというよりも、たまたまここに出た」というのではなく、鏡を見ながら自分の望んだ場所に出せるではないか。これはいいことを知ったと試してみた。着物を着た後に伊達《だて》締《じ》めを締め、その上から帯を結ぶ。鏡を見ながら前で袋帯を結ぶので、柄の出し方も簡単だし、すぐに形は整った。

しかしそれを後ろに回す段になると、しっかり結ぶと回りづらく、ゆるめにすると不格好になる。また着物も着慣れていないので、帯を回した後に衿元が崩れ、それを直すのに苦労したが、洒落袋帯を締めるときは、この前で結んで後ろに回す方式を多用していた。名古屋帯でもお太鼓柄で柄出しが難しいときには、同じ方式で結んでいた。過程はどうあれ最終的に形になっていさえすればいいのである。こちらも何度かやっているうちに慣れてきて、衿元も崩れなくなってきた。

この結び方の問題点は、本来ならば帯を結んだときに、横から見て前下がりになるのが美しいのだが、後ろが下がりがちになるところだった。どうしても胴に巻く部分がゆるみがちになってしまったからだろう。これは私がうまく結べていなかったからで、ちゃんと格好よく結べる人もいると思う。また足袋も綿のキャラコのものを使っ

ていたが、すぐに黄ばんでしまうのと、そのときの体調によってきつく感じたりするので、この頃から同じ福助のストレッチ足袋に替えて、足元が快適になった。

四十代の半ばに、浅草《あさくさ》で小唄《こうた》と三味線を習いはじめ、元芸者さんの師匠が、

「半幅帯でいいから、なるべく着物でお稽古《けいこ》にいらっしゃい」

といってくださったので、喜んで着物で通いはじめた。このときはじめて、まじめに半幅帯の結び方を練習した。それまでは半幅帯はお尻《しり》が丸見えになるので、下半身の体形に難がある私にとっては、なるべく避けたい分野だった。今はたくさんの半幅帯の結び方があり、半幅帯の結び方だけの本も何冊か出ているが、当時は一般的にいわれていたのは、貝の口、矢の字、文庫だった。主に男性が結ぶ、片ばさみがあったが、この結び方をしている女性は見たことがなかった。仲見世の女将さんで、ちょっと面白くて愛らしい半幅帯の結び方をしている方をお見かけしたが、どういう結び方かわからず、後年になってそれが「はさこ」という結び方だと、『笹島武帯結び100選』（世界文化社）という本で知ったのだった。

私は少しでもお尻が隠れるように、それと道中、結び目が解けないように、前結びで矢の字に結んで後ろに回し、帯締めを締めて通っていた。練習のために前結びではなく、背中で名古屋帯を結んで行ったこともあった。上に羽織物が着られる時期は半幅帯、帯付き（羽織を着ない姿）の季節は名古屋帯だった。師匠はいつもお稽古のと

きには浴衣に半幅帯をきゅっと貝の口に締めていた。それも私のように前で結んで後ろにまわすというまどろっこしいことはせずに、私と雑談をしながら、くるくると体に帯を巻き付け、鏡も見ずに後ろ手を動かしていたかと思うと、ぱぱっと貝の口が出来上がった。まるで手品のようだった。

「どうしてそんなことができるのですか」

驚いて聞いたら、

「もう何十年もやっているからね。体が覚えているんでしょう」

とおっしゃった。私は半幅帯を結ぶたびに、手の長さを最初に確保したはずなのに、最後になって、

「あれ、足りない」「あっ、長すぎる」とあたふたすることが多かった。名古屋帯を結んでいったときには何もなかったが、半幅帯のときは何度も師匠が直してくださった。私にとっては名古屋帯よりもごまかしがきかないので、半幅帯のほうが難しかった。

「とにかく着物は何回も着て、帯も何回も結ぶことですよ」

師匠はそうおっしゃっていたが、道のりは遠そうだった。おまけに博多織《はかたおり》の半幅帯は、まあ長さが一定しているのだが、そうではない半幅帯の場合は、それぞれ長さが異なるので、そのたびに最初に確保しておくべき手の長さを考えなくてはならない。

名古屋帯や袋帯の場合は、多少長さが違っても見えないところでごまかせるけれども、半幅帯はシンプルな分、ごまかしがきく箇所がとても少ない。これが困った。単純に結ぶのは楽だが、きれいに結ぼうとすると、なかなか大変なのだった。

しかしこのことがあって、半幅帯は私の身近なものになってくれた。家で着るときには半幅帯になったし、楽なので男性用の兵児帯、角帯を締めたりもした。私の場合は、「新弟子」以来、浴衣はすっとばしてきたので、半幅帯との付き合いは今の人よりもずっと遅いのだ。毎年ある小唄の浴衣浚《ゆかたざら》いをきっかけに、会のお揃いの白地の浴衣を誂え、体重も減っていたので、それを着ても、

「もう新弟子には見えない」

とほっとした。自分でも好きな柄で誂えるようになり、といっても藍地ばかりだったが、家で着るようになって、浴衣と半幅帯が身近なものになっていった。私の場合は先に袷《あわせ》の着物があり、その次に浴衣があった。

私は洋服は着たときに後ろ姿のラインが美しいのがいい服だと思っているのだが、着物は帯があるので、より後ろ姿が大切だと感じた。師匠の後ろ姿の腰から下のラインがとても美しい。師匠に肌着について聞いたら、半襦袢に裾除けを使っているとおっしゃっていた。踊りをする方はステテコの上にさらしの裾除けをつけたり、東《あずま》スカートを穿《は》いたりするという。

「裾除けをつけないと、どうもぴしっとしなくてねえ」

それまで私はずっとワンピース式の肌着を着ていた。もちろん腰回りは何も締めておらず、ずどんとしたままだ。どうせ着るのならば、もともと体形に難ありなのだから、少しでもましになりたい。母と同年輩の姉弟子たちにもうかがったら、

「私たちはワンピース式よ。だって紐がいろいろとあると面倒くさいんだもの」

とおっしゃった。

ワンピース式はするっと着ればいいのでとても楽なのだが、それを着続けていると、不経済なのがわかってきた。私は背中に汗をかくので、どうしても上半身の劣化がはやい。下半身の部分は何ともなっていないのに、処分しなければならないのを、もったいないと思っていた。正絹の打ち合わせ式のワンピースの場合は、もったいないので劣化した上半身をカットして、下半身の部分にさらしを縫いつけて裾除けに改造していたが、それが何枚も溜《た》まってきて、正直、どうしたものかと思っていたのである。

それが二部式の肌着だと当然、上下別々なので、だめになったらそれだけ買い替えればいい。本や雑誌はもちろん、その頃はインターネットでも着物関係の情報がアップされるようになってきたから、二部式の肌着についてリサーチすると、裾除けの余ったウエスト部分は補整の代わりになると書いてあって、なるほどと納得した。そしてそれから、私は二部式の肌着を使うようになった。なるべく面倒くさくないように、

そして背中に汗をかく体質を考えて、汗取りにもなるものはないかと調べた結果、たどりついたのが「あしべ織汗取」だった。天然繊維の燈芯《とうしん》が汗をかきやすい部分に織り込まれていて汗を吸ってくれる。多少地厚だが夏はもちろん冬も着られる。おまけに肌着はそれ一枚で済むというのだ。

私は夏に使ってみた。上はあしべ織汗取一枚で、その上に絽《ろ》の長襦袢、着物。下半身はシルクのステテコに、ベンベルグ（キュプラ）の裾除けだった。ステテコは足捌《あしさば》きをよくするために、一年中ずっと穿いている。和装用のものは高いので、洋服用のスラックス下の七分丈のものを買っていた。そのときに大切なのが縫い目の問題で、お尻の部分にまちの部分のはぎの縫い目があるものは、柔らかものや薄物を着たときに、お尻に縫い代の厚みのラインが出る場合があるので、縫い目は中央部分だけにあるものが適している。

ベンベルグの裾除けには、夏用の絽の織りのものもあるが、特に暑さに差はないと聞いたので、袷と兼用のものにした。あしべ織汗取はインターネットでいちばん値段が安かった店舗で。シルクのステテコは洋服の肌着店で。ベンベルグの裾除けは、京都のゑり正《しょう》の通販で購入した。他のメーカーのものも買ってみたが、こちらのがいちばん生地がしっかりしていて着心地がよかった。

これでしっかり汗をかき、汗取りはずっしりと重くなっていたが、帯にはまったく汗がしみていなかった。これはいいと思ったのだが、気になったのは打ち合わせの前の部分が重なるのでぼってりしてしまうところと、背中の上のほうに汗をかくので、もうちょっと背中の汗取りの部分が上にもあってくれると完璧なのになあと、それが残念だった。

その後、シルクのステテコが夏場にぺたぺたと肌にくっつくようになったと、着物を着る友だちに話したら、

「夏はクレープのほうがいいんじゃないの」

と教えてくれたので、一時、クレープのものに替えてみたら、肌にはりつかずにとても快適だった。しかし何度も洗濯を繰り返しているうちに、私が洗濯の際に柔軟剤を使わないせいかもしれないが、肌触りがいまひとつになってきたので、スーピマ綿のステテコを試してみたら、これが快適だった。クレープよりもずっと細かい楊柳《ようりゅう》でしなやかなのだ。肌にはりつかずに気分よく夏の着物が着られている。

そして問題の背中の汗なのだが、私が調べたなかで、いちばん高い位置まで防水布が縫い付けられていた「たかはしきもの工房」の満点肌着を見つけ、防水布がお尻の幅で裾まで付けられていて、膝裏《ひざうら》の汗が着物につかないので、同メーカーの満点ガードル裾よけも一年中使っている。しかし十一月の二十一度の暖かい日に、袷の着物を着て出かけたら、自覚はそれほどなかったのに、家に帰ってみたらものすごく汗をか

いてしまい、それが肌着の防水布さえも通過して、襦袢に汗じみを作っていた。素材が完全防水ではないので、それは当然なのだが、万全ではないとわかった。

襦袢は肌着の一部なので、汗をかいたらまた手入れをして着る、いわば消耗品なのだろうが、襦袢好きとしては着物と同じくらい大切に着たい。着物を着慣れている人は、身頃がさらしになっている二部式襦袢を愛用している人が多いので、そちらのほうが実用的なのかもしれない。小唄の師匠も礼装、セミフォーマルは襦袢を着るが、そうでない場合は二部式を使っているとおっしゃっていた。家では衿つきの筒袖半襦袢を着物の下に着ているのだが、それを着て外出したことはない。同じ日に電車に乗って外に出る用事があるときには、襦袢に着替える。着物が比較的地味な私にとって、柄に凝れる襦袢は大好きなので、その点が辛《つら》いところである。劣化した襦袢のいいところだけをとり、替え袖を作ったり、裾除けを作ったりはしているのだが。

これまで何冊か着物についてエッセイを書いているけれど、そのときによって使っている肌着や用具が変わってきている。年齢を重ねるとより楽なものに移行していく。また同じものを買い替えようとしても、品切れ、製造中止になってしまったものもある。現在使っているものは以下の通り。

肌着・着付け小物一覧

肌着

通年

＊満点肌着（たかはしきもの工房）
＊満点ガードル裾除け（たかはしきもの工房）
＊和装ブラジャー しとや華（タムラ）
＊シルクステテコ 真夏、真冬以外。
＊のびる綿キャラコ サラシ裏（福助） 真冬以外。
＊足袋カバー「雫」（井登美）
＊足袋型ソックス インターネットで購入。

夏用

＊綿麻楊柳肌着（ゑり正） 浴衣用。

＊スーピマステテコ（京都和想庵）シルクステテコの代わり。
＊夏足袋（福助）猛暑のとき専用。

冬用
＊和装インナーヒート＋ふぃっと「シャツ」（サンブライト貿易）
＊和装インナーヒート＋ふぃっと「パンツ」（サンブライト貿易）シルクステテコの代わり。
＊足袋ひざ下ストッキング（旧タイプ）（ミヤシタ）
＊のびる綿キャラコネル裏（福助）
＊足袋型ハイソックス　インターネットで購入。

衿芯・半衿

以前はバイアス衿芯を使っていたけれど、最近、芯地の質が変わったのか、私の感じ方、体形が変わってきたのかはわからないが、衿元がうまく決まらなくなってきたので、元の三河芯の衿芯に戻した。衿芯にも厚さがいろいろとあるので、そのなかでいちばん柔らかいものを使っている。私の半衿の付け方は、「しろも」というしつけ糸を使って、衿芯をまず襦袢に縫い付けて、その上から半衿をかける。衿芯に半衿を縫い付けたものを、襦袢に縫い付ける方法もあるが、そちらだとうまくできないのだ。しろもは両手で引っ張ると簡単に切れるので、半衿をはずすときも楽になる。見える部分に皺が多く出るのは困るけれども、衿周りと両側五センチくらいは細かく縫い、あとは大雑把に縫ったほうが効率がいい。私の場合は首周り周辺は一センチくらいの針目で縫うが、他の部分は五センチくらいの縫い目で、ざくざくと縫い付けている。面倒くさいので、衿先のほうまできちんと縫い付けず、二十センチ手前で糸がなくなると、そこで縫い付けるのをやめてしまうこともある。

針を持つのが苦手な人には、小型の安全ピンや、市販の半衿テープで付ける方法もあるが、安全ピンは襦袢に大きめの穴が開いてしまうし、テープは襦袢を脱いだらすぐに剥がさないと、体温で糊が地衿や半衿にくっつきがちになる。半衿にメッシュやプラスチックの差し込み芯を通す人も多いけれど、体格によっては、襦袢の衿が浮いてしまう。私も盛夏は薄手のメッシュの差し込み芯を使っていたが、衿元がどうしても浮きがちになるので、盛夏も三河芯を使うようになった。胸元のおさまりが悪いのは、自分の着付けが悪いのではと思うかもしれないが、衿芯が影響している場合もある。洗える襦袢で洗える半衿が付いていたら、そのまままるごと洗えるので、半衿付けの手間は省けて楽だけれど、半衿の色や柄は楽しめない。

仕立て衿も使ってみたが、ただでさえ紐類が胴回りに多いと鬱陶しいのに、仕立て衿は体に固定させないといけないので、私にはその選択肢はなくなった。仕立て衿をそのまま襦袢の地衿に縫い付ける方法もあるが、私の場合は体形を考えて決めた、自分なりの衿巾があり、市販のものはほとんどそれよりも幅が広いために、そちらの選択肢もない。なので地道に襦袢に衿芯、半衿を付けている。

袷の時季に使っているのは一般的な塩瀬や、ふくれ織り。冬場は縮緬の半衿が使え、生地にしぼがある風合いから、見た目が柔らかい雰囲気になって温かい印象になる。しかし私はゆるんできた顔回りを、なるべくすっきりさせたいので、縮緬は使ったことがない。単衣のときはきんち（楊柳）か竪絽、盛夏は絽塩瀬。木綿、麻の浴衣などには、麻楊柳、麻絽を使う。

＊無地半襟 ふくれ織 斜線柄（ゑり正）

ふくれ織りで気に入っているのは、ゑり正の斜線柄のもの。白をはじめ全十一色あり、私は白、薄いベージュの鳥の子色、やや赤味のある黄色の花葉色を、着物の色や着ていく場所に合わせて外出用に。ふだん使いにはグレーよりの灰青、濃紺の濃藍を使っている。ふくれ織りは表面がフラットではないので、多少、半衿付けに難があっても目立ちにくいのがうれしい。

＊単衣・夏物の半衿（ゑり正）

きんちは白を含めて全七色。どれも薄い色合いで、白、オフホワイト、シルバーグレーを使っている。竪絽、絽塩瀬、麻楊柳、麻絽もあり。ゑり正では他にも、扱いが楽で安価な合繊のものなど、様々な種類がある。経糸が絹百パーセント、緯糸がレーヨン百パーセントの、塩瀬の絹交織も便利。半衿は、袷の時季は衿山の部分を少しずつ内側にずらして付け替えながら二、三回、単衣の時季や盛夏は一回着たらはずして、手洗いして陰干しした後、アイロンをかけておく。

帯揚げ・帯締め

最初の頃は着る着物がほとんど紬ばかりだったので、辛子色の帯揚げ、帯締めでのりきっていたが、柔らかものを着るようになってから、薄い色が増えてきた。クリーム色は何にでも合って便利に使っている。タイプによっては薄いピンク系の色のほうがいいかもしれない。汎用性を考えるなら、最初は薄い色のほうが合わせやすい。できれば帯揚げは合織は避けたほうがいいと思う。慣れないうちはうまく胸元におさまらず、動いているうちにずり上がってきたりするので。古い着物や帯を着ていても、小物が新しいと素敵に見えるので、使い古されたものは身につけないこと。

＊無地帯揚げ（きねや）

「きねや」の京ちりめん無地帯揚げは、質もよく価格もお手頃。最近気に入っているのは、七宝柄地紋無地帯揚げ。全十九色あって、紬にも小紋にも使える。生地はしっかりしている。七宝柄なので色が薄いものであれば、付下などの略礼装まで使えそう。また菊唐草無地帯揚げは柔らかもの向きで二十色ある。光沢のある表とマットな裏と両面使える。

＊帯締め

帯締めはただの紐ではなく、装いの要になるので、気をつけて選びたい。帯締め一本で帯の形を固定するので、こちらも合織は避けたほうがいい。昔は色が気に入ると買っていたが、長い間使っていると、房から何本も糸が出てきたものもあった。きっちり締めたつもりでも、少しゆるんできたりしたものもあるので、それらは処分してきた。今、手元にあるものを調べてみたら、道明、龍工房、藤岡組紐店のものが多かった。藤岡組紐店の「モケモケ」は文字通り、帯締めの表面に、絹糸と一緒に組み込まれた、手芸用棉《めん》糸の多色の玉がもこもこと出ていてとても愛らしい。今まで見たことがない個性的な帯締めが多い。

また、和装小物店で購入して、製造元がわからないものもある。安価なものも売られているが、きちんと作られているものを購入すると、本当にずっと使える。私も三十年以上前に購入したものを、今でも使っている。古びた感じもない。帯揚げ、帯締めは、最初にちょっと奮発しておくと、後々まで得だと思う。

しかし夏物はずっと使い続けるものではなく、汗を吸って変色したりもするので、そこそこの価格のものを購入して、ある程度使ったら買い替えた方がいい。

着付け道具

＊伊達締め（西村織物）

価格は高いが衿元が崩れない。以前は伸縮性のあるすずろベルトをとても便利に使っていたが、歳を重ねるにつれて、その伸縮性に体が疲れるようになってきたので、原点に戻った。すずろベルトは一度留めてしまうと、衿は絶対に動かないので衿の位置が保たれる。しかし簡単に修正がきかないので、ちょっと手間取るかもしれない。伸縮するために食事をしても苦しくないので、その点はとても楽で優れている。

＊コーリンベルト（コーリン）

ふつうのものと浴衣用のメッシュのものと一本ずつ。

＊コーリンベルトしっかり（コーリン）

礼装着物用に。

＊モスリン腰紐

色の濃い紬が多いので、そのときは男性用の紺色か茶色。色の薄い着物のときは白。

＊手作りの帯結び用仮紐

正絹の襦袢地で縫ったもの。幅は五センチ、長さは市販のモスリン腰紐の半分で百十センチくらい。正絹はすべりがよくて引き抜きやすいのだけれど、たれの長さや帯の大きさを決めたり、固定したりするときは、モスリンのほうがすべらないので使いやすい。着付けに慣れないうちは、同じ色の紐だと、どこの部分の仮紐かわからなくなるので、白、ピンクなど、色違い、柄違いにしておくとわかりやすい。

＊着付け用クリップ

幅二センチ長さ七・五センチのものは、後ろ衿を留めるとき、帯を結ぶとき、手の部分を前帯に仮留めするときに。その他、幅一・三センチ長さ五センチ、幅一センチ長さ四センチ、それぞれ二個ずつ。小さなものは、帯揚げを折ったとき、その幅が崩れないようにはさんでおくのに使う。

（帯板）

＊へちま製ゴムベルト付き

湿気がこもらず快適。一年中使える。ややすべりが悪い。

幅十三センチ、長さ四十三センチくらいのゴムベルト付き（一般的な帯板でやや厚みがある。背の高い人、体格のいい人は、もう少し長さがあるもののほうがいいかも）。

＊べっぴん帯板　ベルトなし（たかはしきもの工房）

かっちりではなく、胴回りの帯の形を整えたいときに。

＊自作の帯板

白ボール紙を切って自作した幅十三・五センチ、長さ四十二センチのもの。

＊まわりっ子（京都和装元卸協同組合13）

前結びをするときに使う。脇がシャーリングになっていて体にフィットする。帯を結んだ感じは、かっちりとした雰囲気。

＊楽詩帯（萬代）

この器具に帯を設置しておけば、着物を着た後、ただ帯を背負えばいい便利な道具。以前はキャンバス地で重くかさばっていたが、メッシュタイプに変わって、より薄手になった。前もって準備しておけば、三分ほどで帯の装着は終わる。最初の頃、帯の設置に手間取ったが慣れればすぐできるようになる。ただ帯を関西巻き、関東巻きどちらで巻くかによって、前帯の柄が関係してくる場合は、帯を設置するときに逆向きにしないといけない。きちんと袋帯を締めなくてはならず、それで頻繁に外出という方は、これを何枚か用意し、それぞれに帯も小物もすべてセットしておいて、あとは背負うだけにしているそうである。手があがらなくなって、帯が結べなくなった方々にも重宝に使われているようだ。ただウエスト回りにややボリュームが出がちになる。私が前結びをして後ろに回した写真と、これを使った写真を比べてみたら、前結びのほうがすっきり見えていた。フォーマルだったらこちらの器具を使ったほうが、堂々とした感じになるかも。

インターネットではコクヨのいちばん大きなダブルクリップ（コクヨ クリ－31）を使い、同様の帯のたたみ方をして、背負えるようにしているやり方も紹介されている。こちらでも問題はなかったが、器具のほうはマジックテープが付いた帯板がわりの布地でしっかりと胴回りが固定されるので安心感はある。クリップのほうは、固定されている部分が少ないため、布目を正して帯をきっちりとたたまないと、形がぐだぐだになりがちなので、その点は注意。

＊メッシュ前結び板（京都和装元卸協同組合67）

こちらも前結び用だが、メッシュでできているので、薄手でカジュアルな感じ。本来は夏用らしいが、私は着物をふだんに着る場合、帯回りがかっちりするのが好きではないので、外出時の半幅帯のときはもちろん、名古屋帯、洒落袋帯のときも、これを使うことが多い。本体は手洗いもできる。

帯板をいろいろと揃えているのは、帯の厚さや材質によって帯板を替えているためで、枚数が増えてしまった。締めてみて、手強い帯だった場合、急遽、前結びに変更したりする。

帯枕

＊空芯才N（ノーマル）、**DX**（デラックス）（たかはしきもの工房）

軽くて洗える素材で、使っていて疲れない。Nの高さは三・五センチ、DXは四・五センチ。ふだんはNを使用。フォーマルのときにはDXを使っている。私は使っていないが、他に高さ六センチのB（ビッグ）もある。

＊帯枕（ゑり正）

高さ三・五センチのもの。昔ながらの作りだが、背中に当たる部分の芯がなく、こちらも使っていて疲れない。帯によってはこの帯枕のほうが安定する場合がある。

インターネット上では、段ボール板とタオルとガーゼなどで作れる、手作り帯枕が、いろいろと紹介されている。

履物

＊カフェぞうり（菱屋カレンブロッソ）

＊本革エナメル草履（伊と忠）

紬を着ることが多いので、カフェぞうりばかりを履いているが、柔らかもののときはエナメルの草履にしている。

＊舟形下駄（ぜん屋）

表にごま竹が張ってある草履型の下駄で浴衣用。

他にも礼装用、晴雨兼用、右近、アイドル型、芳町など、草履と下駄をそれぞれ五足ずつ。

その他

＊誂えの長上っ張り（kimono gallery 晏）

家で着物を着るときは、家事もするのでどうしてもカバーするものが必要になる。以前は典型的な和装用の白いかっぽう着を着ていたのだが、あれは意外にかさばって、ごそごそする。薄手でかさばらない、木綿で、市販品ではなかなか見つからない色や柄のもの、そのまま近所に買い物に行けるようなクオリティのものが欲しかった。そこで以前、保多織《ぼたおり》の着物を何枚か誂えた「kimono gallery 晏（馬場呉服店）」で、同素材の長上っ張りを作った。保多織はワッフルのような織り方の木綿で、柔らかく着心地がいい。厚さは「厚地」「中厚」「薄地無地」「薄地柄物」の四種類があり、私は薄地無地のブルーグリーンと、薄地柄物は浴衣や暑い時期の着物に使うつもりで、白地に紺色の細い格子柄にした。

サンプルサイズは、着丈が肩から百センチ、裄七十三センチ（袖口ゴムなしも選べる）、前幅四十センチ、後ろ幅三十二センチ。下前に大きめのポケット、脇に二十センチほどのスリットが入っている。

私は裄が短いので着物の裄丈を伝え、袖口にゴムがあるとカジュアルになりすぎるかなと、ゴムはなしでお願いした。裄丈が短い分、やや身巾は狭くなったけれど問題はない。軽くてたたむとコンパクトになるし、すぐ乾くし便利に使っている。

＊雨コート　アメダス　アップルコート（東レ）

繻子織りのものも何枚か持っているが、一枚だけと考えると、アメダス　アップルコートがよいと思う。色は七種類、サイズも五種類あるので、ほとんどの体形の人に合うのではないか。私はいちばん小さいサイズだと丈が一センチ短いので、その上のサイズを購入して丈を詰めて着ている。雨降りのときだけではなく、柔らかものを着たときのちりよけにもなる。汚れが気になったらネットに入れて洗濯機で洗っている。着物を着はじめたときから、何回か買い替えて使っている。

夏用の薄手の紗布コートもあるけれど、これだとゲリラ豪雨はしのげないので、こちらをお薦め。

第五章　その人なりに楽しんで着ればいい

最近は浴衣《ゆかた》でのイベントが多いので、成人式、卒業式などに振袖《ふりそで》を着た人たちは、その次の和装が浴衣になる人が多いと聞く。プレタの浴衣もサイズ違いでたくさん売っているし、洋服感覚で身構えずに買え、着られるし、自分で洗える手軽さもいいのだろう。

問題はその次の着物である。浴衣らしい柄の浴衣は、七月、八月が中心で、それ以外の月はお祭りのときくらいにしか着られない。いくら暑くても三月中、十月末にそういった柄行《がらゆ》きの浴衣を外出着として着るのは、やはり難しい。もしも夏物で外出着をというのであれば、絽《ろ》、紗《しゃ》*22などがあり、帯には羅《ら》*23もあるけれど、実物を見ないと風合いはわかりにくいので、店頭で店員さんにたずねたほうがいいかもしれない。

夏は浴衣と割り切って、浴衣で着物の形にちょっと慣れて、半幅帯の結び方をひとつ覚えた後、私が薦めたいのは自分のサイズに誂《あつら》えた木綿の着物である。綿薩摩《めんさつま》といわれる木綿は、絹の風合いに近く、裏をつけて袷《あわせ》として着ることが多いけれど、多くの木綿の着物は単衣《ひとえ》に仕立てる。家で洗えるし、盛夏と真冬は無理かもしれないけれど、ほぼスリーシーズンをカバーできる。

私が木綿着物を誂えたことがある店は「染織《そめおり》こだま」と「kimono gallery 晏」である。染織こだまでは、伊勢木綿《いせもめん》、会津木綿《あいづもめん》、夏久留米《なつくるめ》などを仕立てた。木綿の反物の価格は、一万三千円〜二万六千円。ウールは三万五千円〜四万五千円。長着の単衣仕立ての場合、仕立代は一万四千五百円、木綿は洗濯の際になるべく縮まないように、まず水につけてできるだけ縮ませてから仕立てるので、水通し代千五百円だった。後ろ身頃に居敷当てという補強のための布地をつけるのであれば、別途必要になる。私はここのサイトではじめて夏久留米を知ったのだけれど、縮織《ちぢみおり》の薄手の久留米絣《くるめがすり》で、盛夏には暑いけれどとても肌触りがよかった。サイトに掲載されていた夏久留米の場合、反物の価格は税込で二万四千二百円。それに長着仕立代、水通し、綿ローンの居敷当てを含めた価格は税込で四万六千九百七十円だそうである。

「kimono gallery 晏」の保多織には、厚さが五種類ある。サイトによると、

単衣着物仕立て上がりお値段

薄地　二万八千円

中厚地　三万六千五百円

広衿《ひろえり》仕立てにする場合は追加で千二百円、居敷当て（化繊）をつけると追加で千八

百円となる。柄行きによって、家着にするものは衿が最初からその幅に縫ってあるバチ衿に、外出時に着るものは、広衿（着るときに折って着るタイプ）にしてもらった。私は単衣でしか仕立てたことはないが、居敷当てもつけたりつけなかったりである。つけないほうが洗濯が簡単だが、お尻《しり》の圧力の被害を防ぐためには居敷当てはあったほうがいいかもしれない。袷にしたい場合は、胴裏、八掛《はっかけ》がシルック使用で袷仕立ての場合は追加で一万六千円、シルックではなく絹の胴裏、八掛での場合は、追加で三万三千円になる。名古屋帯《なごやおび》、半幅帯の仕立ても受け付けてくれる。長上っ張りの袖口のゴムを省き、着物を同じ無地の色で仕立てると、木綿でもカジュアルではない、コートと着物のお洒落《しゃれ》なひと揃いができそうだ。

昔は木綿は縞《しま》や格子が多く、いかにも普段着というか家着といった感じだったが、最近は外出着としてもいい柄も多く、無地であれば、帯合わせによってより着用範囲が広がる。その木綿の着物は必ず自分に合ったサイズで仕立てて、衿つき筒袖半襦袢《はんじゅばん》でも、二部式襦袢でも長襦袢でも、衿をつけて着る練習をして、浴衣のときの延長として半幅帯が締められるようになり、がんばって名古屋帯まで結べるようになったら、大手を振って外出できるようになる。礼装にはならないが、友だちと遊びに行ったり、ランチを食べるくらいならまったく問題ない。もしもレストランで夜の食事といった場合には、店の雰囲気にもよるけれど、無地の木綿だったら大丈夫だろう。

浴衣に半幅帯が締められたのなら、それと同じように、木綿着物と半幅帯にすれば、夏以外に着られる。ただ最初は着付けの仕上がりが何かと気になると思うので、できれば羽織物が羽織れる時季から外出できるように、逆算して着付けの練習をするといい。夏に練習がてら家でも浴衣と半幅帯を着て着付けに慣れ、最近は九月だとまだ暑いので、十月になったら、インターネットで売られている、プレタのレースの羽織などを羽織れば、背面のいろいろ不都合な部分を隠してくれるので、外出するのもちょっと安心だ。それに慣れて十月の終わりになったら、手持ちのドルマンスリーブなどの、袖ぐりがゆったりしたカーディガンなどを着ればよい。それでちょっと自信がついたら、今度は名古屋帯を締めてみる。ゆがんでも、お太鼓の大きさが多少、あれれ？であっても、カーディガン、羽織であれば室内で脱ぐ必要はないので、うまく隠してくれる。コートは外を歩くだけならいいけれど、室内では脱がなくてはならないので、最初はハードルが高いと思う。

とにかく初心者は、自分のサイズに合ったものを一枚でいいから用意する。そうしないと着付けのポイントがよく理解できない。自分の着方に問題があるのか、着物のサイズの問題なのかがはっきりしない。その点、着物のサイズに問題がないと原因をはっきりさせておけば、あとは自分の着方の問題だけとわかりやすい。

足袋《たび》については人それぞれの考え方はあるけれど、最初は伸びるもののほうが楽だろう。ぴしっとしたほうが好きな人は、綿キャラコの伸びないタイプのほうが、足がすっきりみえるようだ。私はつい楽なほうを選んでしまうけれど。家にいるときはもちろん足袋でも、タビックスでも、ハイソックスでも何でもいい。足袋はスリッパが履きにくいし、フローリングではすべるので、タビックスやハイソックスのほうが足元が安心かもしれない。

木綿の単衣、あるいはマイサイズではないが、もしも実家などで発掘したり、知り合いから譲ってもらったりした着物があり、それで外に出る勇気がない人は、休みの日に家で着てみよう。襦袢がなくても、半衿がついている着物スリップ、業務用の和装スリップを、インターネットでもたくさん売っているので、そういうものでも十分だ。着終わったらそのままネットに入れて洗濯機で洗える。なかには縮みが激しいタイプもあるので注意。外出するわけではないので、きちんと着付ける必要はなく、おはしょりがちょっとぶくぶくしていてもいいではないか。途中で面倒くさいと思ったら脱いで洋服に着替えればいいし、無理して一日中着ている必要はない。袖が垂れていたり、パンツに比べて足がぐいっと開きにくい着物という衣類に慣れるためだけなので、気楽に考えればいいと思う。

うちの近所でよくお見かけする、八十歳近いと思われる女性がいらっしゃる。化粧気はまったくなく、白髪をささっと簡単に頭のてっぺんでまとめ、一年のうち、ほとんどがウール、木綿、紬《つむぎ》で、夏は浴衣だったりするのだが、着物でないときは必ずナイキのスポーツウエアなのだ。散歩の途中でたまたま彼女の自宅前を通りかかり、今は教室をやめているようだが、日本舞踊のお師匠さんだとわかった。とてもかっこよかった。そういうふうに着物と洋服が生活のなかに同じように存在しているのが素敵なのだ。

多くの室内は典型的な和室ではないので、ドアノブに袖や帯がひっかかったりして、最初はいらついたりするのだが、そのうち慣れてきてひっかかることがなくなってくる。着物での体の動かし方を意識するだけでも、立ち居振る舞いが違ってくる。お上品にするというわけではなく、洋服のときにはない衣類の感覚を身につけるためにである。最初はちょっと着方が変でも、家の中で何回か着ているうちに、着物というものに慣れれば、立ち居振る舞いも楽になってくるだろう。着物を体に巻いたら力尽きて、帯を結ぶのが面倒だったら、伊達締《だてじ》めだけでもいい。私は家で着ているときには、そういう格好でいることも多かった。昔は、伊達締めだけでいるのは不作法といわれていたが、人目に触れなければいいんじゃないかと考えている。

半幅帯はまず博多織《はかたおり》の小袋帯を一本買っておくと、紗織《しゃお》りの夏用でなければ、オールシーズン使え、浴衣、単衣、袷《あわせ》の普段着と兼用できる。色柄も豊富にあるし、リサイクルショップで手軽な価格で見つかるものだ。ただし長さが九尺（約三百四十二センチ）から一丈（約三百八十センチ）だと、一般的な文庫、貝の口、矢の字、カルタは問題なく結べるのだけれど、人気の割り角出《つのだ》しなど、凝った結び方をしようとすると、長さが足りないので、そういった結び方をしたい人は、四百センチ以上ある帯を選んだほうがいい。

短い帯は価格もやや安いので、値段だけではなくご自分の体形を考えて、帯の長さをよく確認しよう。博多織の小袋帯の価格は新品で八千円から凝った織りになると五万円くらい。正絹と合織と交織のものは、様々な柄のバリエーションがあって楽しい。背が高い若い人向きにしているためか、長さも四百センチ以上のものが多い。価格は正絹のものよりも高い場合があるが、「帯に派手なし」という言葉もあるので、年配の人も派手目な半幅帯を締めたら、楽しいのではないか。帯幅が十七センチあるものも多いので、私自身がそうなのだが、そのまま締めると身長に比べて前帯の部分が広すぎるので前幅の寸法もチェックしよう。

半幅帯ではなく名古屋帯をということであれば、やはり博多織の名古屋帯が便利に使えるかもしれない。昔は献上柄が多かったけれど、最近は様々な色柄のものがあって、バリエーションが増えている。価格は四万円くらいから。軽くて締めやすい。正絹にこだわらなければ、木綿のものもあるし、プリントもので低価格の名古屋帯も、インターネットでたくさん売られている。

最近は合織の素材の品質がとてもよくなっているので、こだわらなければ帯などもそういったものから選ぶのもいい。私も京都の井澤屋オリジナル、新塩瀬帯《しんしおぜおび》の絽《ろ》の夏帯を何年か前に購入した。白地にブルーの濃淡の千鳥が飛んでいるもので、主に藍地《あいじ》の長板中形《ながいたちゅうがた》*24の浴衣用である。正絹の盛夏用の名古屋帯も持っているのだけれど、年月を経るうちに、経年変化によって黄変するので、気温の高い盛夏にはいつも真っ白のぱきっとした帯を締めたかったからだ。価格は夏物、袷用含めて二万三千百円から四万千八百円まで。どちらかというと柔らかもの向きの柄が多いけれど、木綿の無地に合いそうなものもある。私の帯は二万三千百円だった。クリーニングができるので気楽に締められる。

帯揚げ、帯締めの小物はやはり正絹のものがおさまりがいい。自分は夏の帯締めがないので、夏の着物が着られないといった人がいたが、帯締めは夏用としてレースのものが売られているものの、一般的な平組、冠組《ゆるぎぐみ》のものも盛夏に使える。ただし季節柄あまりボリュームのあるようなものは向かない。色合いは自分の好きなものを選んでいいと思うけれど、最初は無地っぽい薄い色のほうが使いやすいかもしれない。帯揚げは自分のそのときの感覚で選び、帯締めは着る時期をイメージできるような色にするとおさまりがいいかも。私自身は着物を着はじめたときには、明るめの辛子色の小物を便利に使っていた。しかしそれは紬を着るときのみだったので、柔らかものが好きな人は、もうちょっと柔らかめの色のほうが合いそうだ。

なかには木綿の着物でもなかなかうまく着られないし時間がかかるというので、どういう風に着ているのかとたずねたら、悪戦苦闘してやっと着丈が決まり、腰紐《こしひも》を結んでほっとすると、コーリンベルトや伊達締めがない。ああ、あそこの引き出しの中だったと探してみつかり、ふと足元を見ると足袋を履き忘れている。洋服ではソックスをいちばん最初に履く習慣がないので、つい忘れてしまうのだそうだ。それでまた足袋を取り出し、よっこらしょと椅子の座面に足をのっけて足袋を履き、ほっとして鏡の前に立つと、なんだか裾《すそ》が開き気味になっている。着物だけでもこんな有様なのに、帯を結ぼうとすると、また足りない物がみつかって、右往左往する。そのうちにどんどん着崩れてきて疲れるという。

着付けに必要な腰紐などを床に置く人もいる。いちいちかがむとそれだけで疲れるし、慣れない人はそれが着崩れの原因にもなる。着物を着る前に必要なのは、着付けなどに必要なものをすべて自分の周りに置いておくこと。細かい用具もなるべくかがまないで手に取れるように、テーブルの上にのせたり、椅子の背にひっかけたり、ベッドの上に置いたりと、とにかくかがまないで取れるように、すべて準備をしておくことが大切だ。

私は着付けに必要な肌着、用具一式を風呂敷《ふろしき》に包んでひとまとめにしている。クリップ類、紐類などは透明の袋に入れて、ひと目でわかるように、帯板はトートバッグにまとめて入れているので、それごと持ってくる。そして準備が整ったら、着付けを始める前に手を洗うのを習慣づける。首筋を拭《ふ》くという人もいる。木綿を着るときにはそれほど神経質になる必要はないけれど、習慣づけておかないと正絹の着物を着たときに、ふだんの癖が出てしまう可能性がある。手はウェットティッシュで拭くのではなく、ふつうに水、お湯で手首のほうまで洗う。そうしないとウェットティッシュに含まれている薬剤が、着物や帯に影響を及ぼす可能性があるからだ。ハンドクリームも着終わるまでは塗らない。正絹の場合は、爪で細い織り糸をひっかけたりしがちなので（私も何度もやらかした）、事前に爪を整えささくれなどができないように、気をつけよう。

私は着付けをきちんと勉強したわけではないので、いろいろな人の着方を見たり聞いたりして情報を集め、それを試してみて自己流で着ている。ＹｏｕＴｕｂｅにはたくさんの着付けの動画があるので、自分でやりつつ、参考にするのがいいかもしれない。私もたまに見るけれど、いわゆる簡単に着られる裏技的な動画を見てみると、これは初心者には難しいのではと感じる。試しにいくつかやってみたけれど、上手にできなかった。最初はオーソドックスな着方を紹介しているものがいいと思う。私の着ている方法とは違うけれど、「きものん着付け動画」はとてもわかりやすく教え方が丁寧で、着終わったときの姿が、かっちりしすぎていなくて、自然で感じがよかった。着付けの本には名古屋帯のたれの長さは人差し指くらいの長さと書かれているが、私はそれ以上長くても、自分でおかしくないと感じたら、そのまま出かけてしまう。先日もお太鼓は小さめでたれが十センチと長めになったが、

「まあ、これでいいや」

と直さなかった。この程度で気楽に着ればいいのではないだろうか。着物を着ている人が判で押したように、見えている半衿の分量が同じで、帯の位置が同じで、お太鼓の大きさもたれの長さも同じだとしたら、どんなにつまらないだろう。

私が不満なのは、着物雑誌が初心者にもっと着物を着てもらいたいと思っているはずなのに、いざ着付けになると、これは○、こういうのは×と、○×をつけてしまう点だ。スポンサーに着付け教室があると、ご機嫌を損ねない企画しかできないのはわかるが、おはしょりが多少ぶくぶくしていても、ちょっとくらい半衿がずれていても、帯がちょっとくらい曲がっていても、

「それでも楽しく着物を着よう」

となぜいわないのだろうか。うまく着物が着られない初心者が、そういった記事を読んで、

「私はここまでできないから、着物は着られないんだ」

と感じたとしても無理はない。何でもかんでもうるさくいいすぎなのだ。それに気にしすぎの性格の若い人たちが巻き込まれる。私は着物を着るときに、自分では衿元がいちばん大事と考えているので、襦袢の衿巾《えりはば》に関してはうるさいのだが、他の人が着物を着ていて、衿の後ろの背の部分から襦袢の衿が出ていても、別に何とも感じない。さすがに二センチ出ていたら、ちょっとまずいかなとは思うけれども、その人なりの着方だから、それはそれでいいのだ。襦袢については、着物の衿の高さよりは少し控えて着るという人もいるし、もともと着物への汚れ防止のために着るので、着物から見えていてもよいという人もいた。だから各人の考え方でよいと思う。着付けの企画をするのなら、もっとハードルを下げて、

「ここまではいいけれど、さすがにここまでは無理」

と枠を広げて、初心者にもっと大らかな気持ちを持たせるような企画にして欲しい。誰だってきれいに着たいと思っているので、その一歩を踏み出すための手助けをしてもらいたいのに、実際は逆に萎縮《いしゅく》させる結果になっているような気がする。

着付け教室についても、「着物を買わされる」「気に入らなかったときにやめにくい」など、いろいろと話を聞いたけれど、多くのところは着付け＝着物購入というシステムにはなっていないはずだ。今はどうだか知らないけれど、昔はまずその教室が作っている補整グッズ一式を買わないと、着付けを教えてもらえないというところも

あったようだ。一部にはそのような教室もあるようだが、すべてがそうではない。大手の着付け教室も次々に倒産しているようだし、これからは小規模の教室が増えていくのだろう。お勤めをしている人であれば、周囲の着付け教室に通った経験がある人に聞いたり、どこで習ったかを聞いて、紹介してもらうのもいい。着物が着られる友だちに、教えてもらうという手もある。

インターネットではなく、自分の目で見て着物を誂えたいという人は、呉服を売っている店に足を踏み入れなければならない。こちらも着付け教室と同じように、ハードルが高いらしい。店に一歩入ったとたんに、店員さんがわーっと寄ってきて、びっくりしている間にぐるぐると着物や帯を巻き付けられ、似合う似合うと大合唱され、ふと気がつくと男性が電卓を叩《たた》いて金額を表示。首を横にふると今度はローンの話をはじめる……といった話はたくさん聞いた。私はそのような経験はないが、私が若い頃はたしかにチェーン店の評判は悪かった。それも店舗によるようで、売り上げがよくない店が、そのような売り方をしていたのだと思う。

私がどうしていたかを思い出すと、まだデパートには必ず呉服売り場があったので、出かけると必ず近くにあるデパートの呉服売り場に行っていた。もちろん店員さんは寄ってくるけれど、

「今日はどういったものがあるのか見に来ただけなので」

というと、ほとんどの場合、店員さんはゴリ押しして来なかった。なかにはとても親切な人がいて、一点一点、これは大島《おおしま》、これは名古屋帯と説明してくださるものの、それがほとんど知っている事柄ばかりだったので、はあ、そうですかと、はじめて聞いたようなふりをしていた。

デパートに行った理由は、はっきりいってしまえば、まずいと感じたときに逃げやすいからだった。個人経営の呉服店やチェーン店に入ってしまったら、そこに何が待っているかわからない。ほとんど賭《か》けのようなものだ。しかしデパートは開放的な造りだし、様々な価格帯のものがあり、店員さんが売る気まんまんの目つきでこちらに寄ってきそうな気配があったら、ささっと逃げられるので、いちばん都合がよかったのである。

いちばん困るのは靴を脱いで上がるタイプの店だった。靴を奪われるのはすべてを奪われるのと同じで、もう逃げられない。だから個人の呉服店をそっとのぞき、そこに座敷があると、

「ここは、だめだ」

と諦《あきら》めた。

「どうぞ、お上がりください」

といわれて靴を脱いだら最後、何も買わずに帰るのは難しいし、かといっていろい

ろと見たいだけなので、その場で買う気も金銭的な余裕もない。なので私がやっていたのは、もっぱらデパートの呉服売り場のリサーチと、まだ都内にたくさん残っていた、呉服店のショーウインドーを見ることだった。デパートは自由に見ることができたが、私好みの紬系のものがとても少なく、ほとんどが柔らかものばかりだったので、そこが困った。素敵な紬がありそうな店の多くは、靴が奪われそうな雰囲気のところばかりだったので、

「うーん」

とうなりながら、中に入るのは諦めるしかなかった。考えてみれば私がまだ若かった何十年も前から、呉服店は初心者には入りにくい場所だった。それが今まで連綿と続いているのはやはり問題としかいいようがない。

事前にリサーチをして好みの品が置いてあり、この店に行きたいというのならともかく、ただ漠然と着物や帯を見たいのであれば、デパートか、ビルの中に入っている呉服店がいいと思う。ふらっと行けてふらっと立ち寄れて、並んでいるものを見られて靴を奪われない。いろいろな場所に行くうちに、ぴったりくる店が出てくるかもしれない。一人ではなくて友だちと行くと、店の人に薦められたときに断りやすい。でも本当に自分が気に入った場合、友だちの目を気にして、買いにくい状況になる可能性もあるけれど。

デパートの場合は、ふだんはあまり個性的なものは置いていないが、年に何回かのイベントのときに、珍しい品物が並ぶ場合がある。たとえば伊勢丹だったら、年に二回「三四十会《みよそかい》」が開催され、私はそこで紬や「洛風林《らくふうりん》」や「紫紘《しこう》」の帯を買うようになった。価格帯も幅広いのがありがたい。私の着物の本を見てくださって、

「こんな帯、見たことがない」

といってくれた方には、

「これは誂えでもないし、ふつうに売られているものですよ」

とお話しした。ただ着物や帯は大量生産のものはともかく、欲しいと思ってもすぐに手に入らないものだから、同じものを入手するのは時間がかかり、難しい場合もあるかもしれない。「三四十会」は招待状はいちおうあるが、インターネットで情報を調べて、直接行っても快く中に入れてくれるはずである。商品について質問をすれば、丁寧に説明をしてくれるけれど、しつこく売りつけられることはない、ただし靴は脱ぐシステムになっているので念のため。

松屋銀座《ぎんざ》でもリサイクルショップを含めて、呉服関係の品物が集まるイベントを開催しているので、そういうところだったら行きやすいし、自分の好みのものが見つかるかもしれない。私も知人の着物スタイリストの秋月洋子《あきづきようこ》さんが出店するというので行ってみたが、珍しいものがたくさん置いてあった。活気があってリサイクルの店に

も素敵なものがあって、見てまわっているだけでも楽しかった。同行した友だちも、

「あの帯、素敵よね」

とリサイクル店に飾ってあった、川島織物の帯を眺めていた。結局、私は羽織紐を買って帰ってきたのだが、初心者はこういうところで、いろいろなものを見ると楽しいのになと思った。ここは靴は脱がなくても大丈夫。

もしも自分と好みが合う、気に入った店がみつかったら、たとえば友だちとランチに行くときに着たいとか、結婚式の披露宴に招かれたときに着てみたいとか、相談してみるのがいいだろう。それで店側が感じが悪かったら、そこで買うのはやめること。物を買うというのは店との信頼関係が根底にあっての話なのは、どんなものでも同じだが、特に呉服の場合は代わりがいくつもあるというわけではなく、その一点しかないという場合が多いので、何かあったときに取り返しがつかない。なので相手が信頼できそうにない人だったらやめること。残念だけれど次を探そう。懇意にしている呉服店がある人が周囲にいたら、その人に連れていってもらうのもいいかもしれない。

着物には格があるので、花火大会にも行けて、披露宴にも出席できる着物はない。自分の着たい着物のイメージがつかめたら、予算に関しても率直に伝えよう。ただやはり相場というものがあって、

「十万円で正絹の訪問着を見つけて欲しい」

といってもそれは無理なので、リサイクルショップをあたるしかない。自分が働いて得たお金はとても大切だけれど、ただ安いことをいちばんに考えるのではなく、ちょっと予算オーバーでも、気に入ったのなら購入することも必要だ。安い着物を着るのをモットーにしている人ならば、それはそれでよい。

私が着ない着物を差し上げたとき、もちろん値段などはいわないのだが、のちに、

「どの着物が着やすかった？」

とたずねると、着物の相場は知らないのに、彼女が着やすくてつい袖を通してしまうといった着物は、紬だけの話だが、手織り、作家物が多かった。

「ああ、そう」

といいながら、なるほどねと納得した。といってもたとえば高額でも、私にとっては色留袖はほとんど必要のないものなので、高額なものがいいというわけでもない。

単衣の道中着を誂えたとき、

「着物で着るわけではないので、なるべく安い小紋の反物を見つけてきて欲しい」

とデパートの担当の方に頼んだ。何でも高いものがいいわけではなく、それぞれの用途の違いがあるのだから、お金をかけるべきかそうでないかを選択している。もしもそれが礼装用のコートであれば、紋付、訪問着の格に合わせたものにするが、友だちとランチに行くときに着るコートならば、格安の反物でいいのだ。幸い、担当の女

性が若草色の型染め風の小紋地を見つけてきてくれたので、それに決めた。着物に仕立てるにはやや風合いが硬そうだったが、コートにしたらいい具合になり、それを着ているとみんなに褒められる。

お金を出すところと締めるところを、自分なりに決めるのも大切だ。たとえば肌着、襦袢は消耗品なので、気軽に洗えるもののほうがいいと判断すればそれでいいし、着物の手入れをするのが面倒なので、洗える着物でよいという人はそれでいい。ただ格安の着物を次々に買って、着倒して捨てるという方法はちょっと悲しい。

私も何度かバーゲンや赤札市のようなものを見たことがあるが、なかには定価をつり上げて、つまり嘘の高い値段をつけておいて、何割引きもしたような形にして、一般的に売られている値段をつけている店がいくつかあった。

「こんなことをしているから、客が離れていくんだよ」

と腹立たしかった。それもわからない人だったら、安いと思って買ってしまうかもしれない。どの商売でも全員が正直にやっているかというとそうでもないのはわかっているが、そんな嘘をついて心が痛まないのかと首を傾げたくなる。良心的な呉服店が後継者不足で閉店しているのだから、まずそういうふとどきな店からやめていってもらいたい。

こういう話を書くと、またネガティブ情報になってしまうので、着物を着たいと思っている人たちをびびらせてしまっているかもしれないが、これもまた事実なのだ。でも割合からしたらとても少数なので、心配する必要はない。自分でできるだけたくさんのものを見ていれば、だいたいの値段は把握できるので、自分なりにインプットしたもので判断するしかない。「こんなものが扱えるのはうちくらいしかない」とか「こんなにいいものがこんな安い値段では買えない」とか、ろくにその理由を説明せずにいう煽《あお》り商法は無視すること。正直な店はそういう発言はしないものだから。

着物雑誌に載っていた近所の呉服店とは、のちにトラブルがあって、付き合いはやめてしまった。そこで新しい呉服店を探していたところ、前から知り合いだった石田《いしだ》節子《せつこ》さんが、一九九五年に西麻布《にしあざぶ》に「衣裳《いしよう》らくや」を開店したときは、本当にうれしかった。彼女とは同い年なので、気軽に相談ができ、知識も豊富なので安心して買えた。初心者に話を聞くと、呉服店に同年輩の店員さんがいると、とりあえずは安心できるという。もちろんただそこにいるだけではなく、その人に知識があっての話だが。店員さんたちが自分よりもずっと年上の人ばかりだと、

「自分の欲しいと思っているものが、その人に理解してもらえるのか」

「上からいろいろと押しつけられるのではないか」

とセンスが合うかどうか不安が募るらしい。ベテランの方は知識が豊富なので、話しているととても勉強になるのだけれど、それが初心者には難しくて理解できなかっ

たり、それでまた無知な自分が馬鹿にされてしまうのではないかと心配になったりする。今の若い人たちは、基本的にすべてにおいて気にしすぎなので、それが同年輩の店員さんだと、気安さから自分の気持ちが理解してもらえると感じるからだろう。また店の人が年上であっても、ショップの店員さんと同じで、

「この人、素敵」

と感じれば、初心者はその人の話を聞く。残念ながら人の話を聞こうとする前に、外見で判断する場合が多いので、ぱっと見て、

「この人はだめ」

と判断すると、コミュニケーションを取るのは難しそうなのだ。呉服店でも二代目、三代目といった若い後継者がお店にいれば、若い人も入りやすいのかもしれないが、後継者不足で閉店する呉服店も多いので、難しい問題かもしれない。年寄りには自分の感覚は理解してもらえないという先入観ははずして、まず相談してもらいたい。それによって自分が考えてもみなかった、プロから見た似合うコーディネートを教えてもらい、プラスになるところがたくさんあるからだ。しかしあまりにとんちんかんな場合もあるので、そんな店とはさよならしたほうがいい。そういえば昔の呉服店にいるのは、ほとんどが男性店員ばかりだった。私が最初に紬を買った呉服店も、店員さんは年配の男性ばかりで女性を見た覚えがない。それがずっと続いていたら、今の若

い人たちはますます呉服店に近付かなかっただろう。

木綿の着物ではなく、手頃な値段で正絹の着物が欲しいという人は、リサイクルショップではすでに着物の形になって売られていて、洋服感覚で買えるので気が楽だろう。ただ私はリサイクルショップに行って、帯は買った経験はあるが、着物を買った経験がないので、買い物のコツなどの詳しいアドバイスはできない。自分に近いサイズのものを買ったほうがいい、くらいしかいえない。

着物を着ていたら、衿元が開いて、着崩れてしょうがないという人が何人かいたので、どうしてそうなるのかを考えたのだが、詳しく聞いたら、リサイクルショップやオークションサイトなどで買ったまま、着ているという人がほとんどだった。着慣れている人は、自分よりも身長が低い人の着物は、腰紐を下目に締めたり、長い場合は腰紐を上目に締めたり、裄《ゆき》も衿巾を広めにして長さを出したりと融通できるのだが、慣れていない人がそれをするのは難しいからだ。

私は、リサイクルショップで買ったものを外出着として着るのであれば、ほぼ自分のサイズと同じでなかったら仕立て直しを勧める。大きいサイズを小さくするのは、あまり問題はないが、その逆はリサイクルの着物の場合は、幅を出そうとすると、縫い代で隠れていた部分と色の差が出たり、丈も出なかったりと難しい場合もある。ただ最近のリサイクルショップでは、現代の人の体形に合わせて、できる限り大きく仕立て直しをしている場合もあるようなので、その分は価格に上乗せしてあるけれど、百六十センチ前後の人は特に問題ない。いくらお金をかけるのはいやだといっても、最低限、必要なところにはやはりお金をかけないとだめなのだ。

リサイクル着物を見ると、もちろん色や柄に目がいくが、仕立てにも注意したほうがいい。特に色の薄い単衣物を購入するときは、帯を結んだときに見える上半身の部分がきれいに縫われているかを確認しないと、せっかくの買い物が悲しい結果になってしまう。縫製がいまひとつであっても、それが見えない部分や、目立たないところだったらいいのだけれど、いちばん目立つ上半身の衿元の仕立てが雑だと、すべてが台無しになる。実際はそうではないかもしれないのに、安物という印象を受ける。仕立てはとても大切だ。リサイクル着物は、色、柄、価格だけではなく、仕立てにも注意すること。初心者でも縫われているラインがきれいじゃないくらいはわかるだろう。衿元がきれいに縫われているかは必ずチェックする。気に入った着物がもしもそうなっていたら、マイサイズであっても仕立て直しをしたほうがいい。

リサイクル店をよく利用する人の話を聞くと、着物や帯の場合、着物用の反物、帯用の反物で作られていないものに関しては、注意をしたほうがいいといっていた。そういった着物は一般的な着物と柄行きが違うので、とても目をひくし洒落て見える。しかし着てみるともともとが着物用ではないので、すぐにお尻が出てきたりして、不都合が出やすいのだそうだ。帯の場合は着物よりは問題はないけれど、海外の民族衣裳を再利用した帯を購入した友だちは、ずるずるとすべって、本当に締めにくいといっていたし、表からは見えない部分にカビが生えていたりしたので、返品したといっていた。すべる帯に関しては、責任の所在は難しいが、カビの場合はそれを販売した店に問題がある。リサイクルショップの場合、返品を受け付けてくれない店もあるので、購入するときにはよく調べたほうがいい。良心的な店は、難がある場所を最初から表示しているので、それで判断すればよい。

リサイクルショップは新古品でない限り、完品のみがあるわけではないので、多少しみがあっても、着たい着物や締めたい帯があるだろう。

「これ、しみがあるんですよ」

といいながら、知り合いが締めてきた、刺繡《ししゅう》の帯はとても素敵だった。しみがあっても、いいじゃないといえるものだった。自分が気に入っていれば多少の難には目をつぶるのが、リサイクルショップでの買い物の秘訣《ひけつ》だろう。

着物を誂える気もないし、家に置き場もない。でも着物を着たい場合は、レンタルを利用すると楽かもしれない。ただ礼装のものはどこの店でも特に問題はなさそうだが、洒落着の場合は店によって、濃い色の紬に赤い裏がついていたりと昭和感が満載だったりする。そういった昭和風の愛らしさが好みであるならばいいけれど、そうでない場合はセンスのいい店を選ぶ必要がある。試しに私のサイズがあるかどうか、レンタルショップのサイトを見てみたら、私の寸法がどっぷり昭和、あるいは明治、大正という理由もあるのだが、紬の場合は赤い紅絹裏《もみうら》がついた昭和風なものばかり。経費節約のせいか、現代のセンスに合わせて、八掛などを付け替えるようなことはしないらしい。平均的体形の人だったら、着たい着物がいくらでもみつかりそうだった。ただ帯も借りたい、小物もと依頼する用件が多くなっていくにつれて、金額が上がる店もあるようで、それもまた大変だなと思った。ただ自分の着付け、収納の手間がいらないというのは、相当のメリットだろう。

オークションサイトをのぞいてみたら、あまりに安い価格で反物や仮絵羽《かりえば》*25の訪問着が売られているので、びっくりする。倒産した問屋や小売店のものが流れてくるのだろうか。趣味があえばお買い得だ。仕立代はどこでもそれほど変わらないので、気に入った反物があったら購入して、仕立ててもらうのもいい。

オークションサイトではないが、私は「京都wabitas」のサイトで、染色がとんでいる旨注意書きがあってもまったくわからないが正規品として売れない難ありB反の正絹の襦袢の反物をよく買っている。難ありといってもちょっと染料が飛んでいるとか、見た程度ではわからないし、おまけに襦袢なので他人様《ひとさま》の目に触れるわけでもない。私が購入したものは、凝った柄で正価で買うにはやや高くて購入を迷ったのだが、

B反で正価の四割弱の価格になっていた。アウトレット品もあり、そういったものは逆に柄が個性的なので面白い。私が見たときは、略礼装の正絹のB反襦袢地は七千円台から、振袖の同襦袢地は八千八百円から。夏物のなかにも安いものがあった。

着物を着たいのに踏み出せないという人のなかで、いちばん多かったのが「着物警察」に関してだった。そういう人たちがいるのも事実である。しかし私が遭遇したのは、これまで三人くらいだった。着物を着ている年数、回数と遭遇した回数を考えると、十年に一人いるかいないかの割合なので、ほとんど遭遇しないといっていいくらいだ。インターネットで着物を着ている人の悪口を書いている輩《やから》よりはずっと少ないはずである。掲示板などで、

「私は着物警察に遭った」

と書くと、同じ被害に遭った人が、心のもやもやを発散したいので、

「私も遭った」

といいたくなる。それが何人もいると、その人たちが人生で一人だけ遭遇したのに、着物を着ると必ず着物警察が出動してくる錯覚に陥る。着物警察は各町内を巡回しているわけでもないし、じっとりとあなたの行動を見張っているわけでもない。着物を着ていることに自分が自信がないので、きょろきょろと周囲を見てしまい、つい自分をじっと見ている人と目が合うと、変なのかなあと気にしてしまう場合もある。なか

には不具合を親切に教え、直してくださる方もいるので、怯《おび》えすぎないのが大切だろう。着物警察に遭遇しないように着物を避けるより、着物を着ているほうがずっと楽しいに決まっているのだから。

ただしお茶などの習い事をしていると、若い人が着てくる着物に対して、先生は何もいわないのに、そして誰も頼んでいないのに、あれこれうるさくいう人もいるようだ。これはもう仕方がない。どこでもそういう人はいるので、適当にはいはいといって知らんぷりするしかない。

私もなるべく若い人たちから、着物警察の一味に思われないようにしようと思うのだけれど、たまに、

「あれ？」

と首を傾げるような若い人を見かけるのは事実だ。盛夏に見かけたのは、鮮やかな黄色の麻着物を着ている二十代後半か三十代はじめの女性だった。ロングヘアを盛り、オーソドックスというよりも、派手な感じなのだが、着ているのが麻の着物なので下に着ている襦袢が透けている。しかしその色が上半身が黒で、下半身が白なのである。半衿は白だった。

（あれはいったい、どういうことなのか）

半衿がついていたので、着ていたのは半襦袢なのだと思うが、黒というのはいった

い何なのだろうか。もしかしたら衿だけ、仕立て衿になっていたのかとそっと後ろにまわってみたら、仕立て衿ではなく、その黒い襦袢についているものだった。上下が黒、あるいは白であればまだわかるのだが、上が黒、下が白という透けさせ方に、私はびっくりした。じっと見てしまったので、もしかしたらその人に、

「あのおばさん、着物警察かしら」

と思われたかもしれない。いまだにどうして彼女の姿がそうなっていたのかわからない。夏の着物で、透けを防止するために、黒い裾除《すそよ》けをすることはあるけれど、上半身が黒い理由は何だったのか、どうしてもわからない。

また、こちらは五十代と思《おぼ》しき女性だったが、十一月の気温が高い日に、ポリエステルの着物の単衣を着ていた。それは個人の暑さの感じ方なのでいいのだが、衿が絽だったのには、口には出さなかったけれど、

（若い人ならともかく、大人はこれはちょっとまずいだろう）

と思った。わからない人にはわからないが、わかる人にはわかるので、さすがに十一月に夏物の半衿はやめたほうがよかった。その点はきちんとしたほうがいい。残念ながらだらしがない印象だった。

私もまだ自分はろくに着物を着ずに、本や雑誌を読んで知識だけは頭に入っていた三十代のときが、いちばん着物を着ている人が気になった。絽の半衿は七月八月のも

のと思い込んでいたので、九月の半ばに絽の半衿をしている人を見ると、

（あれでいいのか）

と気になって仕方がなかった。のちに礼装やお茶などで制約がなければ、普段着は好きに着てもよいという考え方が広まってきて、ああそうなのかと納得したが、あれこれ気になってうるさくいう人は、寛容になれないのだろう。


着物雑誌などで着物のコーディネートなどに寛容な方は、そのなかでいちばん着物を着て、着物に触れている方だった。私も若い頃はちょっとのことで、

「これでいいのか？　もしかして私は着物の常識からはずれたことをしているのではないか」

と心配になったけれど、だんだん数多く着ているうちに、

「そんなこと、いちいちうるさくいっていられるか」

と自分自身がそんな気持ちになってきたので、他人にも寛容になってきた。頭でっかちで知識がある人で着物を着ていない人ほど、うるさくなるのかもしれない。


私の理想としては、日本全国の織り、染めの様々な格、サイズの着物や帯を集め、着物を着たいと思っている人たちが、老若男女関係なく、そこにやってきて好きなものに手を触れることができ、勝手に着たり脱いだりできるような場所があればいいのにと思っている。レンタルをするわけでもないので、簞笥《たんす》のなかに眠っている着物や

帯を無償で提供してもらうのもいいかもしれない。そこでは着物や帯を買わされることもないし、紬の種類、染め物だったら柄付けによる格の違いなどもわかるだろう。そこで黒留袖でもウールでも好きなものを体に巻き付けているうちに、何となく着られるようになるのではないだろうか。友だちと一緒にやって来て、教え合うこともできる。今の世知辛い世の中では、どこかに儲《もう》けが発生しないと、誰も動かないのだろうけれど。

いろいろと話を聞いた結果、周囲にアドバイスをしてくれる人がいなくなったことが、着物を着たいと考えている人々が、足を踏み出せない理由のひとつになっていると感じた。昔は祖母や母親から、着物についての話を聞いたものだが、祖母も母親も着物を着ず、礼装にしか興味がなかったり、礼装ですら着物を着なくなったりした現在では、着物を着たい人たちが、どうしたらいいのかと迷うのも当たり前である。

そういった人たちは、残念ながらインターネットでの悪評ばかりが印象に残っているので、着付け教室や呉服店に対しては、根本的に不信感を持っている。洋服と同じだろうが、どうせ身につけるのであれば、他人からはお洒落、素敵といわれたい。しかしそれが懐事情と合わないというのも問題だろう。洋服の場合はクレジットを見て、同じものを買うのは可能だが、着物の場合は同じものは数多く流通しないので、同じ着物と帯のセットがいつも買えるわけではない。すべて自分の感覚に頼らなくてはいけないのだが自信が持てない。洋服は自分のセンスで選んでいるのだから、それと同じように選べばいいのに、着物だからと特別に考えてしまいがちなのだろうか。着物を特別なものと考えはじめると、私はあの人よりも値段の高いものを着ているとか、あんな着方でよく外に出られるとか、またその逆に他人と自分を比べて後ろめたさを覚えたりと、妙な価値観が発生してしまうので、それはよろしくない。

着物は個人個人の体形、好みが違うから面白いのであって、自分と趣味が違うからといって、あれこれいうべきものでもない。着物雑誌に載っているセットを購入してそのまま着るほど、つまらないものはない。コーディネートを自分であれこれ考えるのが楽しい。そのためにはちょっとだけ勉強することも必要だ。当たり前だが、何もせずにただ「着物を着たい」と考えていても、着られるようにはならない。あなたがいつまでも着物を着たいと思っても着られない理由はただひとつ、「着ようとしないから」である。着物を着たいと考えている人たちが、好きな着物を着られて、楽しく過ごせるようになればいいのにと、心から願うばかりである。

註

＊1　比翼《ひよく》つき

衿、袖口、振り、衽《おくみ》などに白い布を縫いつけて、二枚重ねて着ているように見せる仕立て。

＊2　ふき綿《わた》仕立て

着物の袷の裏地を少し表に出して表地の汚れ、傷みなどを防ぐ仕立て。その部分に綿を入れると豪華になったり重厚感が増す効果があった。現代では花嫁衣裳などに残る程度。

＊3　更紗《さらさ》

インドが起源といわれる型染め。植物、人物、鳥、動物などを捺染《なっせん》染めにしたもの。木版、なかには手描きのものもある。

＊4　雲取り疋田《ひった》

疋田という絞りの技法で、雲の形を表現したもの。

＊5　金駒《きんこま》刺繍
針に通せない太い金糸を下絵の上に沿って置き、それをとじ糸でとめつける技法。

＊6　綴《つづれ》
経糸の下に下絵を置き、緯糸で無地の部分、模様の各色の部分を、それぞれに分けて織りすすめる織り方。表と裏が同じ柄になる。

＊7　伊達衿《だてえり》
重ね衿ともいう。半衿と着物の間にはさんで使う衿。礼装によく見られる。着物を重ねて着ていたときの名残。

＊8　江戸小紋《こもん》
生地の上に細かくくりぬかれた型紙を置き、防染の糊を置く。その上から地色を染めて糊を落とすと、白く模様が残る染め方。一反を染めるのに数十回の作業を繰り返す。遠目には無地に見えるが、近くに寄ると柄がわかる。紋をつけて準礼装になる柄、お洒落着用など、柄はおよそ五千種類あるといわれている。

＊9　縮緬《ちりめん》
経糸には縒《よ》りのない糸、緯糸に強い縒りのかかった糸を使って織ったもの。織り上がった後、薬品等で不要物を取り除くと、縒りが戻って生地にしぼができる。

＊10　唐花亀甲《からはなきっこう》
亀甲のなかに華紋を入れたもの。

＊11　銘仙《めいせん》
大正、昭和の女性の普段着。織るときに経糸、緯糸の色をきっちりと合わせずに、ずらしたために、絣のようなぼかしが出る柄が人気になった。地域によって、鮮やかな色、大きな草花の柄、小柄、絣板、玉虫色に光る変わり織などの個性がある。

＊12　蠟叩《ろうたた》き
溶けた熱い蠟を刷毛などで生地の上に散らし、蠟がついたところは染め残って白くなり、吹雪のような効果が出る。

＊13　スワトウ刺繡
中国の三大刺繡のひとつ。生地を切り抜いたり、糸を引き抜いたりし、そこをかがっていく、透かしが入った刺繡。

＊14　博多《はかた》献上《けんじょう》
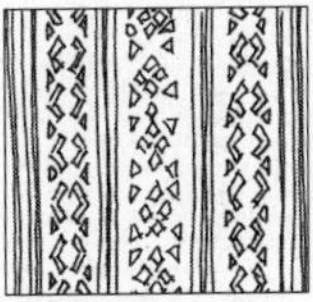
江戸時代、幕府に博多織が献上されたことから、そう呼ばれる。柄に独鈷、華皿、親子縞、孝行縞とよばれる縞があるのが特徴。

＊15　辻が花
様々な絞り方で草花などの模様を表現し、それに加えて絵もほどこした染め方。刺繡をほどこしたものもある。

＊16　宮古《みやこ》上布《じょうふ》
沖縄県宮古島で作られる重要無形文化財の上等な麻織物。

＊17　生紬《なまつむぎ》
絹の精練を途中でやめて、ざっくりとした張

りを残したもの。

*18　柔《やわ》らかもの
紬、御召、麻、木綿などの着物を硬物と呼ぶのに対して、縮緬、綸子、羽二重、小紋、色無地、付下、訪問着、振袖、留袖、喪服などを総称していう。

*19　絽《ろ》
もじり織りで縦、あるいは横に絽目という透ける部分がある薄物。風合いが柔らかく夏の代表的な織物で、着物と帯に用いられる。

*20　芭蕉布《ばしょうふ》
糸芭蕉から採った繊維を使って織られた布。糸芭蕉の木を二百本使い、二十以上の工程を経て、一反を織り上げるまでに半年以上かかる。沖縄県国頭郡大宜味村字喜如嘉の芭蕉布は重要無形文化財に指定されている。

*21　絵羽《えば》
縫い目で柄がとぎれないように絵画のように柄付けされているもの。

*22　紗《しゃ》
もじり織りで絽目がなく、絽よりも透け感があり、やや張りのある薄物。地紋のある紋紗も多く使われる。着物と帯に用いられる。

*23　羅《ら》
もじり織りのうち、織り目が粗く透け感が強い涼しげな織物。主に帯に用いられる。

*24　長板中形《ながいたちゅうがた》
長さが六メートル以上の長い板を使う型染めのこと。正藍一色で表と裏を同じ柄で染める。

なかには少数だが表と裏の柄が異なったものもある。

＊25　**仮絵羽《かりえば》**

絵羽に仕立てる前の、仮仕立ての状態。柄の雰囲気がよくわかるように、訪問着、色留袖、留袖などに用いられる。

本書に登場する書籍

『伝統を知り、今様に着る　着物の事典』大久保信子監修　池田書店　二〇二三年
『家庭画報特選　決定版　きものに強くなる』世界文化社　二〇一六年
『名和好子のきもの遊び』名和好子　文化出版局　二〇〇五年
『初めてのリサイクル着物　選び方&お手入れお直し』高橋和江　世界文化社　二〇一七年
『5分で結べる！　簡単らくらく半幅帯のお洒落』石田節子監修　世界文化社　二〇一八年
『シーラの着物スタイル』シーラ・クリフ、撮影＝タッド・フォング　東海教育研究所　二〇一八年
『KIMONO times』AKIRA TIMES　メディア・パル　二〇一七年
『帯結ばない帯結び』ayaaya　TAC出版　二〇一九年
『決定版　笹島式帯結び100選』笹島寿美　世界文化社　二〇一八年

本書は、二〇二〇年六月に小社より刊行された単行本を修正のうえ、文庫化したものです。

本書に掲載されている商品やサービスは、二〇二三年八月時点のものです。

本文イラスト／平尾　香

きものが着《き》たい

群《むれ》 ようこ

令和５年 10月25日　初版発行

発行者●山下直久

発行●株式会社KADOKAWA
〒102-8177　東京都千代田区富士見2-13-3
電話　0570-002-301（ナビダイヤル）

角川文庫 23857

印刷所●株式会社暁印刷
製本所●本間製本株式会社

表紙画●和田三造

●お問い合わせ
https://www.kadokawa.co.jp/（「お問い合わせ」へお進みください）
※内容によっては、お答えできない場合があります。
※サポートは日本国内のみとさせていただきます。
※Japanese text only

ISBN 978-4-04-114098-7　C0195

角川文庫発刊に際して

角川源義

第二次世界大戦の敗北は、軍事力の敗北であった以上に、私たちの若い文化力の敗退であった。私たちの文化が戦争に対して如何に無力であり、単なるあだ花に過ぎなかったかを、私たちは身を以て体験し痛感した。西洋近代文化の摂取にとって、明治以後八十年の歳月は決して短かすぎたとは言えない。にもかかわらず、近代文化の伝統を確立し、自由な批判と柔軟な良識に富む文化層として自らを形成することに私たちは失敗して来た。そしてこれは、各層への文化の普及滲透を任務とする出版人の責任でもあった。

一九四五年以来、私たちは再び振出しに戻り、第一歩から踏み出すことを余儀なくされた。これは大きな不幸ではあるが、反面、これまでの混沌・未熟・歪曲の中にあった我が国の文化に秩序と確たる基礎を齎らすためには絶好の機会でもある。角川書店は、このような祖国の文化的危機にあたり、微力をも顧みず再建の礎石たるべき抱負と決意とをもって出発したが、ここに創立以来の念願を果すべく角川文庫を発刊する。これまで刊行されたあらゆる全集叢書文庫類の長所と短所とを検討し、古今東西の不朽の典籍を、良心的編集のもとに、廉価に、そして書架にふさわしい美本として、多くのひとびとに提供しようとする。しかし私たちは徒らに百科全書的な知識のジレッタントを作ることを目的とせず、あくまで祖国の文化に秩序と再建への道を示し、この文庫を角川書店の栄ある事業として、今後永久に継続発展せしめ、学芸と教養との殿堂として大成せんことを期したい。多くの読書子の愛情ある忠言と支持とによって、この希望と抱負とを完遂せしめられんことを願う。

一九四九年五月三日

角川文庫ベストセラー

三味線ざんまい　群　ようこ

固い決意で三味線を習い始めた著者に、次々と襲いかかる試練。西洋の音楽からは全く類推不可能な旋律、はじめての発表会での緊張――こんなに「わからないことだらけ」の世界に足を踏み入れようとは！

しいちゃん日記　群　ようこ

ネコと接して、親馬鹿ならぬネコ馬鹿になることを、「ネコにやられた」という――女王様ネコ「しい」と、御歳18歳の老ネコ「ビー」がいる幸せ。天下のネコ馬鹿が贈る、愛と涙がいっぱいの傑作エッセイ。

財布のつぶやき　群　ようこ

家のローンを払い終えるのはずっと先。毎年の税金問題も悩みの種。節約を決意しては挫折の繰り返し。〝おひとりさまの老後〟に不安がよぎるけど、本当の幸せって何だろう。暮らしのヒントが詰まったエッセイ。

欲と収納　群　ようこ

欲に流されれば、物あふれる。とかく収納はままならない。母の大量の着物、捨てられないテーブルの脚に、すぐ落下するスポンジ入れ。家の中には「収まらない」ものばかり。整理整頓エッセイ。

無印良女《むじるしりようひん》　群　ようこ

自分は絶対に正しいと信じている母。学校から帰宅しても体操着を着ている、高校の同級生。群さんの周りには、なぜだか奇妙で極端で、可笑しな人たちが集っている。鋭い観察眼と巧みな筆致、爆笑エッセイ集。

角川文庫ベストセラー

老いと収納　群　ようこ

マンションの修繕に伴い、不要品の整理を決めた。壊れた物干しやラジカセ、重すぎる掃除機。物のない暮らしには憧れる。でも「あったら便利」もやめられない。老いに向かう整理の日々を綴るエッセイ集！

うちのご近所さん　群　ようこ

「もう絶対にいやだ、家を出よう」。そう思いつつ実家に居着いたマサミ。事情通のヤマカワさん、嫌われ者のギンジロウ、白塗りのセンダさん。風変わりなご近所さんの30年をユーモラスに描く連作短篇集！

まあまあの日々　群　ようこ

もの忘れ、見間違い、体調不良……加齢はそこまでやってきているし、ちょっとした不満もあるけれど、なんとか「まあまあ」で暮らしていければいいじゃない。少し毒舌で、やっぱり爽快！な群流エッセイ集。

アメリカ居すわり一人旅　群　ようこ

語学力なし、忍耐力なし。あるのは貯めたお金だけ。それでも夢を携え、単身アメリカへ！　待ち受けていたのは、宿泊場所、食事問題などトラブルの数々。あるがままに過ごした日々を綴る、痛快アメリカ観察記。

咳をしても一人と一匹　群　ようこ

出かけようと思えば唸り、帰ってくると騒ぐ。しおらしさの一つも見せず、女王様気取り。長年ご近所最強のネコだったしい。老ネコとなったしいとの生活を、時に辛辣に、時にユーモラスに描くエッセイ。

角川文庫ベストセラー

下に見る人　酒井順子

人が集えば必ず生まれる序列に区別、差別にいじめ。時代で被害者像と加害者像は変化しても「人を下に見たい」という欲求が必ずそこにはある。自らの体験と差別的感情を露わにし、社会の闇と人間の本音を暴く。

子の無い人生　酒井順子

『負け犬の遠吠え』刊行後、40代になり著者が悟った、女の人生を左右するのは「結婚しているか、いないか」ではなく「子供がいるか、いないか」ということ。子の無いことで生じるあれこれに真っ向から斬りこむ。

山の帰り道　沢野ひとし

街から山に行き、山から街に帰る——。入山時の心配、不安、期待、憧れは、下山後には高揚した疲労感と安堵感を伴って酒の味を美味しくさせる。山への飽くなき憧憬と、酒場で抱く日々の感慨を綴る名画文集。

砂上　桜木紫乃

守るものなんて、初めからなかった——。人生のどん詰まりにぶちあたった女は、すべてを捨てて書くことを選んだ。母が墓場へと持っていったあの秘密さえも……。直木賞作家の新たな到達点！

ぼくの旅のあと先　椎名　誠

暑いところ寒いところ、人のいるところいないところ——。世界を飛び回って出会ったヒト・モノ・コトが軽快な筆致で躍動する、著者の旅エッセイの本領。読めば探検・行動意欲が湧き上がること必至の1冊！

角川文庫ベストセラー

いい部屋あります。　長野まゆみ

進学のために上京した鳥貝少年はある風変わりな洋館の男子寮を紹介される。その住人の学生たちも皆クセもの揃い。鳥貝少年は先輩たちに翻弄されつつも幼い頃の優しい記憶を蘇らせていき……極上の青春小説！

眺望絶佳　中島京子

自分らしさにもがく人々の、ちょっとだけ奇矯な日々。客に共感メールを送る女性社員、倉庫で自分だけの本を作る男、夫になってほしいと依頼してきた老女。中島ワールドの真骨頂！

ルンルンを買っておうちに帰ろう　林真理子

モテたいやせたい結婚したい。いつの時代にも変わらない女の欲、そしてヒガミ、ネタミ、ソネミ。口には出せない女の本音を代弁し、読み始めたら止まらないと大絶賛を浴びた、抱腹絶倒のデビューエッセイ集。

女の七つの大罪　林真理子　小島慶子

嫉妬や欲望が渦巻く「女子」の世界の第一線を駆け抜けてきた林真理子と小島慶子。今なお輝き続ける二人の共通点は、〝七つの大罪〟を嗜んできたこと⁉ 輝く今を手に入れるための七つのレッスン開幕。

日本のヤバい女の子　覚醒編　著・イラスト／はらだ有彩

「昔々、マジで信じられないことがあったんだけど聞いてくれる？」昔話という決められたストーリーを生きる女子の声に耳を傾け、慰め合い、不条理にはキレる。エッセイ界の新星による、現代のサバイバル本！

角川文庫ベストセラー

きまぐれ星のメモ

星　新一

日本にショート・ショートを定着させた星新一が、10年間に書き綴った100編余りのエッセイを収録。創作過程のこと、子供の頃の思い出——。簡潔な文章でひねりの効いた内容が語られる名エッセイ集。

あれこれ好奇心

星　新一

想像力が止まらない！　ショートショート1001篇を完成させ、〝休筆中〟なのに筆が止まらない⁉　〈ホシ式〉休日が生んだ、気ままなエッセイ集。

あやし

宮部みゆき

木綿問屋の大黒屋の跡取り、藤一郎に縁談が持ち上がったが、女中のおはるのお腹にその子供がいることが判明する。店を出されたおはるを、藤一郎の遣いで訪ねた小僧が見たものは……江戸のふしぎ噺9編。

ののはな通信

三浦しをん

ののとはな。横浜の高校に通う2人の少女は、性格が正反対の親友同士。しかし、ののははなに友達以上の気持ちを抱いていた。幼い恋から始まる物語は、やがて大人となった2人の人生へと繋がって……。

商売繁盛

時代小説アンソロジー

朝井まかて・梶　よう子・西條奈加・畠中　恵・宮部みゆき
編／末國善己

宮部みゆき、朝井まかてほか、人気作家がそろい踏み！　古道具屋、料理屋、江戸の百円ショップ……活気溢れる江戸の町並みを描いた、賑やかで楽しい〝お店〟小説の数々。